父亲巴菲特教我的事

[美]彼得·巴菲特 著
刘翀 译

中信出版集团|北京

图书在版编目（CIP）数据

父亲巴菲特教我的事 /（美）彼得·巴菲特著；刘
翀译 . -- 北京：中信出版社，2023.3（2023.5 重印）
　　书名原文：Life Is What You Make It: Find Your
Own Path to Fulfillment
　　ISBN 978-7-5217-5293-9

　　Ⅰ . ①父… Ⅱ . ①彼… ②刘… Ⅲ . ①传记文学－美
国－现代 Ⅳ . ① I712.55

中国国家版本馆 CIP 数据核字（2023）第 029610 号

LIFE IS WHAT YOU MAKE IT
Copyright © 2010 by Peter Buffett
This edition arranged with InkWell Management LLC
through Andrew Nurnberg Associates International Limited
Simplified Chinese translation copyright © 2023 by CITIC Press Corporation
ALL RIGHTS RESERVED
本书仅限中国大陆地区发行销售

父亲巴菲特教我的事
著者：　　［美］彼得·巴菲特
译者：　　刘翀
出版发行：中信出版集团股份有限公司
　　　　　（北京市朝阳区东三环北路 27 号嘉铭中心　邮编　100020）
承印者：　北京盛通印刷股份有限公司

开本：880mm×1230mm 1/32　　印张：7　　　　字数：150 千字
版次：2023 年 3 月第 1 版　　　　印次：2023 年 5 月第 5 次印刷
京权图字：01-2023-0250　　　　　书号：ISBN 978-7-5217-5293-9
　　　　　　　　　　　　　　　　 定价：49.00 元

版权所有·侵权必究
如有印刷、装订问题，本公司负责调换。
服务热线：400-600-8099
投稿邮箱：author@citicpub.com

本书所获赞誉

彼得·巴菲特为我们带来了这本睿智又引人深思的好书。对于每一个正在世界中寻找自己定位的年轻人和每一个希望给予子女最好人生开端的家庭，这本书都应是必读之物。

——**比尔·克林顿，美国前总统**

正如我们对彼得的了解和欣赏，这本书出色地传达了他的精神、理想和价值观。站在为人父母的角度，这本书好像是我们与孩子之间正在展开的一场有关人生意义和机遇的对话。我们家里每一个人都会阅读并探讨这本书。

——**比尔·盖茨，微软创始人**

《父亲巴菲特教我的事》谦逊、诚挚，是一场父与子有关人生意义和成长挑战的对话。这本书出色地传达了巴菲特家族的精神、理想和坚守的价值观，启迪普遍焦灼的现代人如何以朴素、真诚的智慧，活出有意义的饱满人生。

——**樊登，樊登读书 App 创始人、首席内容官**

出身富足的孩子往往缺少奋斗的动力。沃伦·巴菲特为彼得亲身示范了，如果一个人能够选择自己想做、能做，且被社会需要的工作，并为之不遗余力，这就是人生的快乐，这是获得自尊的最可靠的途径。在这本书中，彼得把他人生探索的心得与我们分享：真正的人生不是你继承的那部分，而是你创造的那部分，它是你不断选择和努力的结果。

——**杨澜，资深媒体人，阳光媒体集团董事长，天下女人研习社创始人**

人人都知道学巴菲特投资，我的新体会是更应该学沃伦·巴菲特做父母。沃伦·巴菲特理解找出热情所在是一个辛苦又玄奥的过程，需要很大的自由空间，父母若施加压力只会适得其反。是这样的环境和苦心的父母才造就了今天成功的作曲家彼得·巴菲特。今天的中国非常需要学习这样的教育方式。

——**李开复，创新工场董事长**

彼得在书中阐释了我和他母亲与孩子们共同分享的价值观。彼得兄弟姐妹的成长环境与同时代成千上万的其他孩子没有多少区别,他们也从未有过高人一等的优越感。彼得的人生全凭他自己打造。他衡量成功的标准不是个人财富或荣耀,而是对广阔世界所做的贡献。彼得和我持相同观点,即这个世界并不亏欠于你,而你应该最大限度地发挥自己的能力来为这个世界做些事情,尤其是为受苦的人们做些事情。我为彼得感到骄傲,也为他写的这本书感到骄傲。

沃伦·巴菲特

谨以此书
献给我的父亲母亲

目录

CONTENTS

推荐序一　真正的人生，是不断选择和努力的
　　　　　结果/杨澜　　　　　　　　　　　III
推荐序二　不要做别人，要做自己/李开复　　VII
中文版序言　致亲爱的中国读者　　　　　　 IX
引　言　　　　　　　　　　　　　　　　　001

第一章　　普通的真谛　　　　　　　　　　007
第二章　　哪有什么理当如此　　　　　　　021
第三章　　公平是个神话　　　　　　　　　035
第四章　　选择的福与殇　　　　　　　　　047
第五章　　职业宿命之谜　　　　　　　　　063
第六章　　花钱买时间　　　　　　　　　　082
第七章　　要找寻，也要创造　　　　　　　099
第八章　　发现的大门　　　　　　　　　　112
第九章　　许愿需谨慎　　　　　　　　　　125
第十章　　所谓"成功"　　　　　　　　　　142
第十一章　富贵中的险境　　　　　　　　　158
第十二章　回馈之道　　　　　　　　　　　175
结　语　　就从现在开始　　　　　　　　　194

致　谢　　　　　　　　　　　　　　　　　203

推荐序一　　RECOMMENDATION 1

真正的人生，是不断选择和努力的结果

杨澜

资深媒体人，阳光媒体集团董事长，天下女人研习社创始人

人生最无法选择的就是出生这件事。如果你生在索马里的战乱与贫穷中，你很有可能在襁褓里就因病夭折了，或者最终走投无路去做了海盗，在帮派火并中死于非命。这世界有极其混乱残忍的一面，别跟我说这是上帝的安排，或者说苦难本身有什么意义。

不过，如果我们把范围限定在和平的环境中，你更愿意有个富爸爸还是穷爸爸？如果你出生在美国最富有的家庭呢？如果你的父亲是沃伦·巴菲特呢？

彼得·巴菲特最有资格回答最后这个问题。每个初次见到他的人都毫不掩饰自己的好奇："巴菲特？请问沃伦·巴菲特是你什么人？"在得知沃伦是彼得的父亲时，对方通常会接一句："但你看上去很普通哎！"试想，当你几乎每天都要重复这样的对话，你大概也会想：难道巴菲特的儿子就该有三头六臂吗？！不可否认，彼得从小并不缺衣少食，他申请上大学时给他写推荐

信的人中就有《华盛顿邮报》的老板,大学尚未毕业就得到了爷爷9万美元的遗产。如果他想在华尔街谋个什么差事,那还不是老爸一个电话就可以搞定的事?但他偏偏做了音乐人。"音乐人?噢……成功吗?"这是彼得经常需要面对的另外一个话题。啊,原来如此!作为股神的儿子,你可以不搞金融投资,但不可以不成功。这就是彼得的烦恼。他不得不生活在一种比较中,生活在父亲的阴影下,生活在人们的期待中。他要多么成功才算成功?他要怎样做才不让父亲失望?他如何才能找到自己独立的身份并创造属于自己的生活?他如果成功,人们会说:"他是巴菲特的儿子嘛。"他如果不成功,人们又会说:"他还是巴菲特的儿子呢!"这些问题对于他比对普通家庭的孩子难得多。不少成功人士的子女仅仅是为了怕让父母失望,才选择了自己毫无兴趣的职业,造成终生的遗憾。

  人们通常认为穷孩子与富孩子在行为模式上一定会有很大不同。社会学的调查却发现,这两组孩子中有极端行为取向的可能性几乎一样大。他们当中都有孤僻封闭、胆小怯懦的,也都有脾气火爆、叛逆滋事的,原因并非来自家庭的经济状况,而更多地与父母感情不和或长期缺少关注有关。彼得终于认识到,父亲给他带来的最大的幸运不是他事业的成功,而是给了孩子一个充满爱与温馨的家庭,以及对孩子自由选择的充分尊重。在父亲的鼓励下,彼得的哥哥豪伊成了摄影师,姐姐苏茜成为家庭主妇和两个孩子的母亲。彼得永远记得,当他20岁出头,决心以音乐作为终生职业追求时,他的父亲对他说过的一番话:"儿子,咱们俩其实做的是同一件事。音乐是你的画布，伯克希尔（沃伦·巴菲特的投资公司）是我的画布，我很高兴每天都在画布上添几笔。"对彼得而言，有这样一番话已经足够了。

出身富足的孩子往往缺少奋斗的动力。生活无忧，为什么要努力工作？父亲亲身示范了，如果一个人能够选择自己想做、能做，且被社会需要的工作，并为之不遗余力，这就是人生的快乐，这是获得自尊的最可靠的途径。它激发我们生命中最棒的自己。生活中我们总是把事情搞砸，但如果因为怕失败就选择最安全的道路，那么人生的乐趣就会大打折扣。

彼得把生活比作磨刀石。在他的音乐之旅中，他得到过也失去过事业的机会。他曾通过邻居的介绍，将自己对印第安人音乐的研究交给当时正在拍摄电影《与狼共舞》的凯文·科斯特纳，对方很感兴趣，很快就邀请他为电影作曲。然而一直写纯音乐的彼得低估了电影音乐的特殊性，没有下足够的功夫去琢磨音乐如何推动故事情节的发展，结果最终只有一段两分钟的"火舞"被影片选用。该片日后获得七项奥斯卡大奖，让彼得扼腕抱憾，同时也获取了人生的一大教训——如果你没有做好充分的准备，机会即使到手也会溜掉。功夫不负有心人，若干年之后，他对原住民音乐文化的热情和扎实的工作终于让他在这一领域得到充分的肯定。而当他受邀举办音乐会时，父亲也会前去凑凑热闹，并声称他必须看看自己给儿子交的钢琴课学费到底是不是成功的投资。

拥有亿万家产的沃伦依然每周工作6天。对他而言，兴趣永远是第一位的，财富追随兴趣，而不是兴趣追随财富。有关遗产，沃伦·巴菲特的名言是："要给他们足够的钱做他们喜欢的事，但不能给他们太多钱让他们可以无所事事。"慈善对于他而言不是一种救赎，而更是一种承诺。在决定把370亿美元的财富捐给比尔及梅琳达·盖茨基金会之后，他也分别给自己的3个子女每人10亿美元设立慈善基金会。这么大的责任也改变了包括彼得在内的子女的生活。他与妻子不得不拿出大量时间研究分析如何有效地做慈善。最终他们把目光投向了处于弱势的女童，并决定用父亲的这份礼物有系统地促进女童健康成长和平等地接受教育。

今天的彼得把他人生探索的心得与我们分享：真正的人生不是你继承的那部分，而是你创造的那部分，它是你不断选择和努力的结果。不论你有个富爸爸还是穷爸爸，幸与不幸都可能在你的手中转换。

当然，有沃伦·巴菲特这样智慧而开明的人做父亲还是很不错的！

推荐序二　RECOMMENDATION 2

不要做别人，要做自己

李开复

创新工场董事长

人人都知道学巴菲特投资，但是读完彼得·巴菲特的《父亲巴菲特教我的事》后，我的新体会是更应该学沃伦·巴菲特做父母。

一般人可能羡慕生在一个富豪家"嘴里含着金汤匙"的天之骄子。但是股神巴菲特明确地否定了这一点；他认为家庭给了富二代"豪华的环境，贫乏的人生，他们不是生来嘴里就有金汤匙，而是生来背上就插着金匕首"。

因此，沃伦·巴菲特给了彼得独特的教育。虽然他只给彼得9万美元，但却给了彼得一个支持、鼓励、诱导的环境。他鼓励彼得：如果你想人生多彩多姿，就试着学所有有兴趣的事。他激励彼得多审视自己的内心，寻找自己的热情所在。沃伦·巴菲特理解找出热情所在是一个辛苦又玄奥的过程，需要很大的自由空间，父母若施加压力只会适得其反。是这样的环境和苦心的父母才造就了今天成功的作曲家彼得·巴菲特。

今天的中国父母非常需要学习这样的教育方式。中国的有些父母对孩子期望甚高，一味地要求孩子按照父母的理想去做，全然听不到孩子自己心中的声音。有些中国的父母给孩子太多溺爱，教导孩子一切"向钱看"，这反而是在孩子身上插下"金匕首"。中国的有些独生子女在"有求必应"的环境中长大，没有学到独立自主的生存之道。所以，当我在我的微博转发这本书的一些精华内容时，我得到了很积极正面的共鸣。其中有一条微博被3万人转发！

彼得完全可以轻松地进入投资界，靠着父亲的名声获得成功。但是，当他放弃了这样的人生，而走向做自己喜欢的音乐人生时，他便具有格外的说服力。

《父亲巴菲特教我的事》的人生哲学其实和我在2005年《做最好的自己》中描述的是一致的：不要做别人，要做自己。听从自己内心的召唤，寻找自己独一无二的理想，引领自己的一生。下定决心就勇往直前，成功后不要忘了回馈。简单地说：Life is what you make it.

中文版序言　　　　　　　　　　PREFACE

致亲爱的中国读者

非常高兴这本书能在中国出版，在遥远的大洋彼岸，与未曾谋面的你们产生美妙的邂逅。对我而言，中国是一个神秘而遥远的国度，它正以飞快的速度崛起，世界在赞叹中看到它的巨变。中国正在改变世界，从商品制造到价值观的传播，巨龙的吼声变得越来越响亮。

而在每一个快速变革的国家中，都会遭遇这样的难题：我们如何抵御各种诱惑和压力，找寻自己的人生志向，以源源不绝的激情去追寻梦想。我在书中分享了很多关于金钱和幸福的价值观，它们基于我的个人成长经验，以及我在摸索中体味到的各种挫折和喜悦。很多人认为，我的人生起点很高，没有谋生的压力，自然更容易实现自己的梦想。对于此种看法，我并不认同。离开大学后，我开始独立地生活，不仅要负担音乐工作室的开销，还有房贷的压力。我和其他年轻人没什么两样，都在为工作和生活不停地打拼。我承认自己在很多方面非常幸运，但是我从父亲身上学到了最重要的做人态度：你的人生起点并不重要，重要的是你最终抵达了哪里！

我父亲沃伦·巴菲特，因为在股市上的巨大成功而享誉世界。对我而言，他不仅仅是一个父亲，而且是以话语、行动深深影响我的一个先行者。他极度享受工作带给他的乐趣，每天都在做自己热爱的事。让他最开心的，并不是赚取了多大的财富，而是他从中获得了极大的满足。对他而言，钱买得到的东西始终不是必需品。他生活里的奢侈品很少，开的车也是十几年没有换。他相信，一个人拥有的胆识和决心，比金钱要重要很多倍。

我发现有许多父母会给孩子提供经济援助，让他们的生活过得很宽裕。但假如父母不尊重孩子的独特性，也不允许他们去发掘自己的天赋，就会导致很不幸的结果。孩子只有犯错，才能从中吸取教训；孩子只有通过创造属于自己的成功，才能建立自尊。每个人都有自己独一无二的故事，也都有独一无二的方式，寻找自己在世上要走的道路。

我的父母让我印象最深刻的，就是让我知道人生最重要的事莫过于寻找属于我的道路，还有幸福（而非财富）。他们身体力行，告诉我获得快乐有很多方法，而我得找到自己面对失败的方式。在成长的路上，他们放手让我独立思考，给予我真正的尊重和关爱。

曾有中国读者问我：如果有两份工作摆在你面前，一份乏味但薪水很高，另一份有意义但待遇很低，你会如何抉择？这个问题非常有趣，我选择的答案与本书所表达的价值观很契合：我会选择待遇低的那份，因为金钱是副产品，真正重要的是工作的实质。钱买不到快乐，而人的价值观才是最稳定的货币。

人生何其短暂，做自己最快乐的事，不要被他人的眼光所左右，由自己去定义成功，这样你才能真正地拥抱幸福。准备好了吗？请跟我一起踏上这次美妙的探索旅程。

引　言　　　　　　　　　　　　　　INTRODUCTION

　　这是一本关于恩赐与回馈、期望与责任、家庭与社会，以及如何在这些因素的共同作用下成为我们自己的书。它讲述的是生活在如今的社会中，我们应当如何自处。这个社会为我们提供了前所未有的舒适条件，让我们得享安逸的同时也在经济与其他方面饱受焦虑之苦，常让人在追寻人生目标的过程中陷入空虚与迷茫。

　　简而言之，这是一本关于价值观的书——人生在世，不过匆匆数载，是什么样的信念与直觉决定了哪些事值得一做？我们又当以什么样的行为与姿态立世，才足以过好这一生？经济或有兴衰迭起，自古以来便是如此，但价值观就好比是经济大潮中能为我们带来回报的稳定现金流，它才是那块能够让我们看得起自己、心灵得到安放的基石，是人生中最重要的东西。

　　这本书还关乎身份的认知——是什么样的使命、才华、决策与癖好成就了我们独一无二的自己。

价值取向与身份认知，在我看来，这两者只有被当作一枚硬币的正反两面来看待才有探求的意义。价值观引导我们做出选择，而我们的选择决定了我们是谁。"生活的模样是由我们自己塑造的"，这个概念听起来简单，可真正操作起来却是一个纷繁复杂、费人思量的过程。各种期待与外部压力模糊了自我的真实边界。不管你接不接受，经济状况与单纯的运气一样，终究在这个过程中起了重要的作用。

然而归根结底，生活是由我们自己创造的。这是我们最沉重的负担，也是我们最好的机遇。它也是我在本书中想要表达的全部内容所依赖的最基础、最核心的前提。

既然如此，我们会选择成为什么样的人？在每日面临的成千上万种选择中，我们会选择走一条听凭命运摆布的路，还是一条最有可能让我们获得心灵满足的路？在与他人的交往之中，我们会因自惭形秽而谦卑地远离亲密、真诚与包容，还是会敞开心扉去拥抱活力四射、坦诚相待的人际关系？在工作生活中，我们会为了讨生活而做出妥协——虽然如今没有什么说得准的事情——还是着眼于更高的目标，追求更好的人生？我们如何才能配得上生命给予的诸多馈赠？又如何才能学会投桃报李的救赎之道？

所有的问题只能从每个人的内心深处得到答案。本书的目的只是把这些问题提出来，为大家提供一些思考的框架，如果还能得到讨论，那便再好不过了。

但我又是什么身份，何德何能来写这样一本书呢？最坦诚的答案就是：我不是什么特别的人物。我并非科班出身的哲学家或社会学家，也不是另一个打算开张营业兜售自我救赎的"大师"。事实上，我唯一能用来说事的资历就是我自己的人生——一种迫使我对这些问题进行过长久、深入思考的人生。

凭着命运给的上上签——我父亲称之为"中了投胎的乐透奖"——我出生在一个充满关怀与支持的家庭中。这个家庭送给我的第一个，也是最重要的礼物就是情绪上的安全感。随着时间的推移，我们的家变得富足与显赫起来，它成了一份绵长的恩惠，一点点地在岁月变迁中带给我们惊喜与美妙。我的父亲沃伦·巴菲特凭着勤勉的工作、坚定的职业操守与稳定的智慧水准，成了当世最富有、最受人尊敬的人之一。说出这些话，我心怀的是为人之子的无上骄傲，但同时我也怀着谦卑之心，深深明了这一切都是我父亲的成就，不是我的。无论你的父母是谁，你依然需要弄清楚自己的人生。

再者，众所周知，我的父亲对于财富的传承有一个固守的观点。基本上来讲，他认为出生时人们叼在嘴里的金汤匙在太多情况下都变成了插入后背的一柄金匕首——它成了一份未能善用的礼物，让人逐渐丧失了抱负与斗志，剥夺了年轻人踏上冒险之旅、追寻自己人生的机会。我的父亲在发掘自己的热爱、创下伟业的过程中获得了极大的满足，有什么理由阻止他的孩子们酣畅淋漓地体会迎接挑战所带来的乐趣呢？因此，巴菲特家族不设大型信托基金！我和哥哥姐姐年满19岁时，每个人都得到了一小笔钱，而我们也都十分清楚，除此之外不会再有更多了。

当然，以后也不会有丰厚的临终遗产等着我们。早在2006年，我父亲就创下了规模空前的慈善之举，将自己的一大部分财富——370亿美元——捐给了比尔及梅琳达·盖茨基金会。与此同时，他建立了数十亿美元的慈善捐赠基金，由他的三个子女分别管理。

于是讽刺性的一幕出现了。如今，在我50岁的时候，我发现自己掌管着十亿美元意在赠送出去的巨额资金，面临着无数机遇的同时也肩负着巨大的责任，然而在我心里，我依然是一个普通的劳动者——一个作曲家、音乐人，与我的大多数同事一样，成就高不过自己的上一支作品，也不大会在下一份工作中取得工作范围之外的成功。

但这些都不是问题。我所从事的，是我所钟爱的事业，是我为自己所做的选择，如若再来一次，我也不会做出不同的选择。我想我继承的不仅仅是父亲的基因，似乎也吸收了他大部分的人生哲学。

请别误会：我非常清楚自己生活在怎样的优越条件下。我从父亲那里获得的经济起点或许相对来说算不上高，但这依然超过了大多数人所能拥有的——且不说这些都不是我赚来的。同样地，我享受到了一个声名显赫的姓氏所带来的诸多好处，很多时候这都是隐性的福利，但我却无法为此居一点功。我不否认这种种的天时地利，相反，我一生中都在思量这种优势的意义、影响与可能造成的结果。把一句老话反过来说，那就是：我一直在学习如何把一手好牌打精彩。

《路加福音》中有一句话在我的家庭中被奉为至宝：承深厚恩泽之人，当担得起厚望。有一点我们甚为明了，人生中最重要的福泽皆与金钱无关。父母之爱、邻里之亲、友谊之暖，此为馈赠之一；有能够启迪心灵、为我们的进步感到喜悦的师长与导师，此为馈赠之二；能有相得益彰的才华与能力，有体察人心之敏、勤勉敬业之德，此为玄妙的馈赠之三。这些生命中的厚礼理应得到尊重，也应当得到回馈。

但应该怎么做呢？那些不容分说、或多或少随机地降临在我们身上的馈赠，我们怎样才能予以回报？而且不只是回报，更是要放大，要让这样的恩泽跨越我们自己的小圈子，为这个世界带来改变。我们当如何在追求自己的抱负与为社会效力之间、在实现个人目标与取得共同利益之间取得平衡？我们应如何避免在压力之下困在不符合自己心意的人生里？我们如何才能努力取得自己所定义的成功——这种成功以价值观与事物的本质为基础，而非简单地以金钱和他人的认可为标准，它不会在潮流的变迁或经济的起落中黯然失色，也不会随之湮灭。

据我的感觉与观察，我相信有很多很多人纠结于这些问题。有的年轻人渴望开辟自己的人生道路，即使这样的热望中少不了风险与牺牲，也难免需要壮士断腕的勇气另辟蹊径。有的父母会把坚定的价值观灌输给自己的儿女，希望他们成长为懂得感恩、敢于闯荡天涯的人，而不是觉得一切应当应分，以自命不凡之姿等待命运的垂青。

这些人，包括很多其他人——教师、护士、商业领袖、艺术家——都认识到他们所生活的社会达到了空前的富足,但不平等问题也到了令人瞠目的程度。他们是有良知的人——对于生命的馈赠,他们心存敬意,不仅希望通过这些馈赠过好自己的人生,还希望为世界带来一些改变。如果本书能够对那些想要按照心意追寻自己的人生,并希望在此过程中回馈社会的人有一点点的帮助与慰藉,那么我也算达成了最初想要完成的心愿。

第一章

普通的真谛

CHAPTER 1

你是沃伦·巴菲特的儿子？可是你看起来好普通！

在我一生中，类似这样的评价我听到过很多版本，不过我一直把这样的评价视为一种称赞——不是对我，而是对我的家庭的赞美。

为什么这么说呢？因为"普通"对我们而言的真正意义在于：它说明一个人具备了健全的体魄与人格，有立足于世、容于他人的能力。换言之，这意味着一个人已经拥有了充分发挥人生价值的最好机会。

更进一步来说，只有当我们认同人与人之间共通的社会与情感上的价值观时，才能获得这样的能力。而这种价值观的习得——更准确来说是这种价值观的内化——是源于家庭的。

这些核心价值观是我在本书中想表达的所有内容的基础。所以我们不妨从中选几个来做仔细解读，想想它们是如何传承下去的。

* * *

在诸多价值观中，我会把"信任"排在非常靠前的位置。从最广泛的意义来讲，信任是一种相信这个世界很美好的信仰。虽然任谁都看得出来，它并不完美，但它依然是个理想之处，值得我们为了把它变得更加美好而奋力一搏。如果你想游刃有余地行走其间——甚至还希望在此过程中保持身心愉悦——那么相信这件事是很有必要的。

对这个世界的信任离不开对人的信任——要相信人无论有多么不完美，本质上都是善良的，都希望去做对的事。显然，在各种圈套与诱惑下人会犯错误，但这些错误偏离与违背了人的本性。人在本质上都是追求公平与良善的。

当然，并不是人人都这么想。有人认为人性本恶，认为人类贪婪、好胜、习惯说谎与欺骗。说实话，我替以这样的视角看待世界的人感到遗憾。对他们来说，挨过这样的每一天——与朋友需得坦诚相待，做生意不能算计与猜忌，甚至还需要有爱的能力——大概都不容易吧。

相信人总体来讲是好的，这个信念是让我们能够在这个世界中感到自在的核心价值观之一。

如此重要的信念来自哪里呢？它应当始于一个充满爱的家庭，然后向外延伸到一个充满人情味、让人觉得踏实的邻里环境中。

我很幸运成长在一个这样的环境中。今天的社会流动性极大，而我的家却一直异常稳定。从小到大我生活在一幢平平无奇的房子中，它看上去有点像20世纪早期的自建房，是父亲在1958年用31500美元买下来的！这个房子离我母亲从小长大的地方只隔着两条街，直到现在，我的外祖父母依然住在那里。随着奥马哈市围绕着我们的居所一点点建设发展起来，我家的周边逐渐形成了一个奇怪的城乡接合地带。家门前的那条街实际上是进出城中心的主干道，但我们的房子看上去像个大仓库，阁楼上泪珠形的窗户有点像恐怖电影《鬼哭神嚎》(*The Amityville Horror*)中的样子。我们曾在侧面的小院里种过几排玉米，只图个自娱自乐。

等我证明自己在过马路的时候可以注意到双向的来车时，父母就同意我自己走着去外祖父母家了。我父母与外祖父母家之间的那片空间就像一个充满爱的泡泡，也可以说是一段爱的走廊。无论走到哪一端，都有大大的拥抱在等着我。我的外祖母是非常典型的一种人，如今这样的人恐怕已经不多见了：她是一个家庭主妇，并且以此为傲。平日里她不是在做饭、忙进忙出，就是在打理房子中的各种琐事。每当我出现在她的家时，她总会给我做冰激凌筒，我每舀一勺，都会在里面发现一个小小的作为惊喜的糖果。而我的外祖父总会问我当天在学校学到了些什么。返回家的途中，邻居们总会冲我挥一挥手，或是鸣鸣喇叭。

田园牧歌一样的生活吧？确实如此。不过我非常清楚，并不是每个小孩都能有这样一个恬淡宁静、充满支持的家庭环境。对于没能享受到这种福泽的人来说，也许还需要经历更多才能学着信任这个世界。

不过在此我想表达的是：能够让我自孩童时期起就感受到安全与信任的因素与金钱和物质条件没有任何关系。

重要的不是房子大不大，而是房子里是否有爱；不是邻居们是否富足，而是邻里间是否热络，是否能够相互照拂。那种能够让我相信别人、相信世间存在美好的善意无法用金钱来衡量；相反，它是用一个个拥抱、一个个冰激凌筒以及一次次功课的辅导换来的。

每一名家长、每一个社区都应该能够用这样善意的雨露滋养自己的孩子。

* * *

如果说信任是一种能够让我们以乐观的态度去面对这个世界的核心价值观，包容则是我们用以应对现实中差异与冲突的另一种价值观，它同样重要。坦白来说，如果人与人之间大致相似——没有种族、宗教、性别取向、政治倾向之分——在某种程度上，人生会变得更容易一些。但是，朋友们，它会多么无趣啊！世界的多元性为我们的人生增色不少，我们的生命也会因为有了拥抱差异的能力而变得更加丰富。

反之，如果让自己屈从于歧视或是暗自心怀偏见，我们眼中的世界会变得更小，生命会更加贫瘠。你觉得女性在工作中不配得到男性的同等地位？好吧，你的世界就这样直接缩小了一半。你对同性恋者有意见？好的，你又从这个世界中错失了 10% 的人。你不喜欢黑人？拉丁裔人？那么，无须我再多言了吧。如果任由这样的偏狭滋长，最终你的世界中除了你自己以及一小部分与你具有同样想法的人，不会再容纳得下任何人；它会变得越来越像一个傲慢自大、死气沉沉的小型乡村俱乐部！这样的世界值得我们为之活一次吗？

包容，它也是家人渗透给我的一个重要的价值观。我很骄傲我的父母曾积极地参与了 20 世纪 50 年代末 60 年代初的民权运动。当时我只是个孩子，还很难理解当日那些问题背后复杂的原因与不堪的历史。但无须有人来告诉我什么是种族主义与偏执的歧视，我只需睁大眼睛看着这一切便会明白几分。

我的母亲从不畏让人知道她的立场。她的车上粘着一张写有"好人不分肤色"字样的贴纸。有一天早上，我们发现有人把"不分肤色"几个字划掉，潦草地改成了"好人只有白色"。这个不值一提、有点愚蠢的破坏行为对我来说却是一次真相的揭露。我一直以为种族歧视离我很远，只会出现在像亚拉巴马州的塞尔玛城这样的地方，或是电视里的新闻报道中。但这里可是奥马哈呀，它理应是一座具有公正意识与常识的堡垒，可种族歧视还是在这里出现了。

这个事实非常令人失望，但我从中明白了几件事。第一，包容心不是天生的，它需要通过积极的努力去培养。第二，我们自以为是地认为偏见只是某些人犯的错误——在前文所讲的故事中，我以为只有愚昧的南方人会这样做——这种想法本身就是一种偏见。很多像我们一样生活在中西部地区的人同样难辞其咎。

可以说，种族主义是我一生中碰到的最考验包容心的事，但它绝不是我们在理解包容心之时唯一需要去考虑与了解的方面。

我的母亲在向我们灌输宗教包容的理念上也是不遗余力的。我十几岁的时候，她会带我去不同的教堂，让我去体验各种各样的宗教礼拜形式。我们曾去过一个美南浸信会教堂，里面一名牧师通过对《圣经》经文的解读把教堂会众的情绪调动到了极其狂热的状态；身穿白色制服的几位女士站在过道中，随时准备接住那些从癫狂中晕过去的人，对他们加以照料。我们还去过一个犹太教堂，那里所用的语言我们并不熟悉，采用的宗教仪式也非常古老，它带给我们的敬畏之感虽然与其他地方不同，但庄严程度却完全不输。在家中，我们还有很多关于伟大的东方宗教、佛教以及印度教的书籍可以阅读。

长年的浸淫让我明白，每一种信仰体系都是一种真诚的、有效的通往精神世界的途径。没有哪一种是"对的"，也没有哪一种是"错的"。它们都是人类为了与神祇进行沟通所做的尝试，而且也正是因为它们源于人，因此难免有似是而非、不够严谨之处。但它们都值得尊重。在母亲看来，宗教远不应当在人与人之间造成割裂，而应该让人们在共同追求人生的意义与精神超越的过程中结成同盟。

她一以贯之地热衷于包容心的培养。假如她能够把自己的教导理念带到中东地区去（而且如果有人听进去了），这个世界如今一定是个更加宁静祥和的地方！

在我的家中，我们十分看重思想的开明，这不仅体现在我们对宗教与种族的态度上，还体现在许多其他方面。比如我们认为人应当永远对别人、对不同的观点表示尊重；永远要试着去理解争论中的对立观点。这不仅是一种道德上的要求，也是思想上的需要：理解反对观点是一种锻炼思维的方式。

母亲在高中时曾是辩论队的一员。她非常享受情绪饱满但又不失分寸的讨论，把巴菲特家的厨房变成了一个充满生气的地方。

我哥哥豪伊[①]也是一名辩手，这让我在成长的过程中倍感挫败。在家庭讨论中，他总是那个看起来思维更敏捷、更有说服力的人，而且他会说的词比我多！比如"然则……"以及"有悖于此的是……"。如果说我常常在这些家庭讨论中感到技不如人、说不过对方，也没有道理，其实在这个过程中我还学到了珍贵的一课——一个能让我在这样的讨论中感到更加自信与放松的结论：在交谈中，其实本无所谓谁胜出、谁落败。

你可以赢下一场网球比赛，也可以输掉一场棒球赛。而讨论却不是这样的。它的目的是进行想法的交流，了解不同观点中的过人之处。如果非要评出胜负，那么"输了"论战的人实际上也"赢了"——因为人们也从这样的唇枪舌剑中学到了更多。

---

① 即霍华德·巴菲特，他在家族中被称为"豪伊"（Howie）。——编者注

*　*　*

这就不得不提家中所推崇的另一个核心价值观：笃信教育的力量。

这里需要做一个区分。如今被我们称作"教育"的东西，实际上很多时候就其本质而言更接近于职业培训，甚至在大学阶段的教育也是如此。某个专业是某个学历的门票，此后会成为某个职业的通行证。作为一个务实的人，我无心对此口诛笔伐。如果你有心成为一名投资银行家或是一名管理咨询师，那么当然，一个工商管理硕士学位是最有可能帮你达成目标的方式。要想进入法学院，先以政治学为主修专业也完全在理。

但我想说的是，这种相对狭义的、以目标为导向的学习方式就教育的真正意义而言，只能算是它的一个方面，并且还不是最重要的方面。生活的模样是由我们自己刻画的，如果我们希望自己的生活能尽可能丰富、圆满、令人欣喜，就应当试着去了解所有的事物——不只是谋生所必须掌握的内容，还包括我们擅长的领域之外浩如烟海的各种知识。

书本知识的学习是这种广义的教育范畴中的一个部分，而且毫无疑问是非常美妙的一个部分。我之所以相信这一点，主要还是受了外祖父的影响。在我对外祖父的观察过程中，我看到了安安静静坐下来读一本书能够给人带来多么大的平和与喜悦。我依然能想象得出他放松地窝在自己的懒人沙发中，裤子恨不得提到下巴，而假牙多半会放在手边一个玻璃杯中的画面！他是这个家中的大学问家，我做的很多事也受到了他的影响，比如在初中的时候去学拉丁文。

学拉丁文有什么用吗？恐怕并不见得。但学习一门语言本身是件不错的事情，它是我们了解历史与文化传统的一个桥梁。换句话说，这样的学习单纯是为了学习。而且，跑到外祖父身边去做拉丁语作业，俩人凑在一起把书翻到最后一页去查阅生词，这是一个非常美妙的与家人培养感情的过程。

说到底，我认为教育的意义在于对好奇心的成全。父母能为儿女做的最棒的事之一就是为孩子的好奇心添一把火。在我的家中，我们的聊天包罗万象，我也常常在父母的建议下去查找资料，好奇心就是在这样的过程中培养起来的。当我有问题时，或者当某些讨论内容或学校的项目急需更多的信息支撑时，我会在家人的鼓励下去翻阅存放于家中的《世界百科全书》或《国家地理》杂志的大量过刊。

我想补充一点，那就是在谷歌出现之前的年月中，如果有人需要查找些什么，那么他真的需要去查找！在我的孩童时期，我大量的时间都趴在地上，搜寻包含"东非鸟类"或"亚马孙人"等标题的杂志。查阅资料就像一个寻宝之旅。与任何寻宝的过程一样，其间会有停顿和冒险，但也会有最终找到宝藏时的欣慰与满足。在搜索框里点击几下可能效率更高，但恐怕不会让人产生那样的满足感。我常常到最后会把好几卷百科全书抱到床头，单纯为了其中的乐趣而读。里面关于各种人、地方与事物的简短段落令我着迷，怎么都看不够。

我的家人对教育的重视程度还体现在他们对我在学校的情况所给予的积极关注。我觉得很多家长把孩子的学校视作一个神秘的积木盒，能让孩子每天在八点到下午三点间消失一阵子，仿佛这个地方与他们没有太大的关系。只要孩子的成绩单还不错，学校也没有通报过什么纪律问题，这些家长往往就觉得高枕无忧了。当然，学校偶尔会安排一些家长参观日或是召开家长会，但这些活动对所有相关的人来说，就算谈不上彻头彻尾的折磨，也只能算是走了一个形式。

我的母亲对学校的想法则完全不同。她总会时不时地出现在我的小学甚至中学。（她有自己的办法进来。因为这些也都是她曾就读的学校！）她会静静地坐在教室后面观察课堂，看看学校教了些什么，是如何教的。她对学校的关注程度让我感到骄傲，也让我了解到我的学校教育非常重要。它的意义并不在于我一年之中带回家几次的分数，而是在于我每一天真正学到了些什么。如果能有更多家长以这样的程度深入孩子的教育，我相信会有更多孩子在求学的过程中完完整整地保留好自己对知识的渴望以及对学习的兴趣。

学校教育与书本知识的学习毫无疑问都是教育中非常重要的部分，但在我看来，它们还不是核心的部分。诚然，对于像物理学或统计学这样技术性的学科，没有什么可以替代正规的学习。但是从更广阔的视角来看，即如何能尽可能丰富、有意义地度过人生，书本与学校或许算得上一种教育的工具，但并非实质。

教育的实质与我们对人性的理解有关——不仅要了解我们内

心最深处的想法，也要去洞见与我们不同的人有着怎样的动机与渴望。这样的教育不会从各种百科全书、积年的旧杂志甚至谷歌中获得。它来自我们怀着敬意与各行各业、三教九流的人所进行的接触，来自用心的倾听。

就教育的价值而言，母亲做过很多让我印象深刻的事，其中最耐人寻味的大概要属它了：她告诉我每个人都有值得我们一听的故事可讲。这句话其实相当于变相地说明了"三人行，必有我师"的道理。

在我的童年时期，母亲会坚持带我认识尽可能多的人、听尽可能多的故事。幼时，我们曾作为寄宿家庭接待过几个来自非洲国家的交换生；还有一名来自捷克的学生与我们同住过一段时间；家里还总会有从城市另一端或是地球另一端前来拜访的人。有时候，我从学校回到家吃午饭时，会发现母亲正在与某位来自非洲或欧洲的客人深入地聊着些什么。她总是既温柔又敏锐地与他们交流。在他们生活的地方，生活是什么样的？有什么样的困难，什么样的挣扎？他们有怎样的抱负与梦想？又有什么样的信仰？

在我有能力回答这些问题之前，我已经潜移默化地明白了这些问题的重要性。

∧ ∧ ✻

我还想再谈一点我从家中学到的核心价值观——赢取自尊，

这恐怕是所有价值观中最重要的一种。对此我尤其要感谢我的父亲，是他让我看到了自尊的重要性。

这里我指的是职业操守的培养。

不过在此之前，我们先来花点时间看一看巴菲特家族的职业操守是什么，以及不是什么，这一点也同样重要。

有的人认为，良好的职业道德就是指一个人愿意在自己不感兴趣甚至非常讨厌的工作中每周埋头苦干60个或80个小时。这背后的理念在于，人们认为纯粹的努力、自我的克制、奉献出的工时在某种程度上来说都是一种美好的品质。

但是对不起——这不是美德，这是受虐！而且在某种情况下，它反而是一种懒惰与缺乏想象力的表现。如果你工作这么勤奋，为什么不把其中的一部分精力以及一部分时间用在寻找自己真心喜欢的事物上呢？

对我的父亲来说——如今对于我自己亦是如此——良好的职业操守就其本质而言，首先在于敢于发现自我，找到自己热爱的事物，让工作成为一件就算异常艰难，也能让人心生欢喜甚至感受到些许神圣的事。

在我小的时候，父亲大多数时间都在家里工作。他会花好几个小时待在自己的办公室——父母卧室旁边一间安静的小屋子——研究大量深奥的书籍。我后来才知道，他研读的内容是类似于价值线（Value Line）、穆迪等机构对数千家公司与其股票所做的详细的数据分析。如果说他所研究的主题从本质上来说是一种务实性的内容，那么他在研究过程中所投入的专注程度可以说更接近于一种玄学。他的"经文"可能是由市盈率、管理绩效明细等诸如此类的内容构成的,但你会觉得他同样也可以轻松成为古犹太神秘哲学卡巴拉教的一名拉比①,或是苦心领悟禅宗心印的一名僧人。他的专注力是如此犀利、如此纯粹。毫不夸张地说,当我的父亲进入工作状态时,他就像进入了一种"入定"的状态,灵魂超然于外物。他身着日常所穿的卡其布裤子与一件穿旧了的毛衣出现在办公室时,整个空间散发出一种近乎圣洁的沉静感,一种忘我地把自己完全融入手头事物的人才会有的沉静之感。

我们都知道,大量的体力活动能够促进机体释放一种叫作内啡肽的物质,这是一种能够带来舒适感的天然化合物,有镇痛功效。它仿佛能让时间慢下来,让人的身心处于轻松愉悦的状态中。而我父亲进入深度工作状态后的那种情绪似乎说明极致的脑力劳动也会促成内啡肽的生成。看着这些时刻中的父亲,我明白了一个非常简单但极为深刻的道理:工作应当是件能够让我们愿意追求极致、全力以赴的事,而且它应该能够让我们感到快乐。

在我父亲的工作方式中,是什么能够让他在漫长的工作时长与令人殚精竭虑的决策面前常年保持着饱满的精神状态?首要原因在于,他实际上并不是为了金钱而工作。虽然最终的结果,金钱还是来了——它是对父亲商业智慧的一种证明,令人欣慰。但金钱的收获只是父亲工作的副产品,是锦上添花。重要的还是工作的实质:去满足无穷无尽的好奇心,把自己的分析拿到真实世

---

① 拉比是犹太人中的一个特别阶层,指接受过正统教育、系统学习过犹太经典,有资格传授犹太教义或精于犹太法典的犹太教堂主管,主要是有学问的智者。——译者注

界中去验证，走上发现新价值、开拓新机遇的奇幻旅程。

如果我的父亲以金钱为主要工作目的，他所做的一切会迅速变成乏味的日常行为——一份工作。多年来能让父亲的思维保持敏锐、令他全情投入的是他在智识上需要迎接的挑战，以及如何在胜败攸关的弈局中落子。对他来说，人生中的这部分内容每天都是新的。

这让我联想到有些人对何谓好的职业道德所持的错误观念。

有的人觉得他们谈论的是职业操守，实际上他们真正谈论的是财富操守。他们声称自己对努力、自律与毅力怀有崇高的敬意，可这些并非他们真正尊重的品质，他们所尊重的往往是这些品质有可能带来的财富。对他们来说，值得崇尚的是回报，而非过程。

我们可以从各种道德与哲理的角度对这种本末倒置的价值观进行反驳。不过我想从非常实际的角度提出一点：崇尚回报而非工作本身的问题在于，回报是个随时可能失去的东西。

任何从充满不确定性的经济时期走过来的人对此都太有体会了。一个今天还站在人生巅峰的成功人士，只是因为公司破产，而不是因为自己的问题，隔天就可能落得一败涂地。一名杰出的企业家会因为全球市场环境的变化突然就败走麦城。

为什么要把自尊赌在我们至今都无法掌控的因素上？

一种明智的、持久的工作理念不会把重点放在缥缈无常的回报上，而是会放在过程本身，那就是我们对待工作的热情、专注以及对目标的坚定程度。

这是没有人可以从我们身上夺走的东西。

第二章　CHAPTER 2

哪有什么理当如此

没有人是自己要求来到这个世界的。

人没有选择父母的机会,也没有决定自己出身的权利。

一个生命可能始于美国郊区一个温馨舒适的卧室中,也可能始于西非一间泥棚里的草垫上。孩子的父母可能是美国公园大街①上一个豪华顶层公寓的主人,也可能是流落在开放公园中无家可归、勉强度日的人;他们有可能身体健康,也有可能感染了艾滋病病毒;他们可能是运动员、学者,也有可能是吸毒人员或犯罪分子;他们有可能是一对相濡以沫的恩爱夫妻,把为人父母视作生命中的高光时刻,也可能是两个逢场作戏的陌生人,对自己的行为有什么样的后果满不在乎。

可以说,什么样的可能性都有,而这种种出身的偶然性对新生命来说,影响无疑都是极其深远而复杂的。不过请允许我说出

---

① 公园大街(Park Avenue)是美国纽约市的豪华大街街名,常代指奢华时髦的阶层。——译者注

来，有些事虽然显而易见，却常常轻易被人忽略了。

出生在优越的环境中，有一对好父母，这样的条件并不是一个人应当获得称颂的理由。反过来说，生于父母不仁、穷困潦倒的家庭中也不是一个人的错。这怎么可能怪罪于他们呢？当我们的出生轮盘转起来的时候，我们甚至连无辜的旁观者都算不上，更别提跃跃欲试的同谋了；那个时候，我们根本还不存在！

既然如此，显然在我们生命的开端，没有什么是谁应得的。无论是富裕或是贫穷、是高高在上还是受人压迫，是身心健康还是留有缺陷，没有人天生应当享有或遭受这一切，也没有人生来就配有一对好父母或坏父母。这些都是一个新生命刚刚开启时，随机降临到人身上的。谈不上公平或不公平，一切就是这样。

这种随机性会让人有些难以接受。在运气的天平上，一端是手一抖在人生的开端求得了下下签的人，他们往往对人生怀有一种徒劳的愤恨，一种苦涩的怀疑，认为这个世界对他们太不友好。这种感觉我们可以理解。在天平的另一端，那些被好运眷顾的人会有种更奇怪的表现。用任何理由、任何最基本的逻辑都解释不通的是，那些家境殷实或容颜秀丽的人认为自己天生就配得到这一切。显然这种想法站不住脚，但人们就是愿意相信它。大概因为它太叫人受用了吧。

我们会在适当的时候去思考这种谬误背后的动机与可能造成的后果。不过就目前而言，我们只需待不合理的逻辑不攻自破。

真相其实是，在生命之初，是随机性主宰了一切。我相信人只有认同这个事实，才能开始懂得放下身段，也才能够从实际出发，不负每一份生命的馈赠。

* * *

如我所说，小时候家人常常鼓励我去"查一查"。这个习惯一直保留到我长大成人。有时候我会发现自己在查一些很常见的词，只是为了看一看这些词有没有什么新的定义——对我们习以为常的观念与概念有没有更深层次的解读线索。

关于"值得"（deserve）这个词，我了解到它源于古法语，自13世纪起一直在英语中使用。词典对它的定义是这样的："由于一个人的行为或某些品质，让这个人应当得到、有资格得到或有权利得到……"

哈！就是它！由于一个人的行为或某些品质！

换言之，种瓜得瓜，种豆得豆。人值得拥有什么与出生时的境遇没有任何关系，而是与人如何对待这样的境遇有关。

小时候，我发现当在谈话中出现"值得""应当应分"这样的字眼时，母亲会有一丝不悦。之前我并不理解这些词为何会触怒母亲，我想我现在懂了。这不单是用词不当的问题，而且更多地体现了人们无意间流露出的一种偏见：有的人生来就配得到成功、幸福或认可，而有的人则不然。是这种观念冒犯到了母亲——也冒犯到了我。

在宅心仁厚的母亲看来，如果说有任何人理应被好运眷顾，那么这样的眷顾每个人都值得拥有。而在真实的世界中，好运显然并没有平等地降临在每个人身上，因此这整个"值得"的概念从根本上来说是有瑕疵的。

因此我想指出一个至少在我看来很重要的区别："理应拥有"好运与"努力配得上"好运，这两者之间有天壤之别。理应拥有的是某种天赐之福——或者简单来说，它可能只是我们想象中的情形；而努力配得上的事物，则是我们通过行动得来的。

换一种方式来说，那就是当幸运降临之后，我们可以通过努力去赢得它。如何做到这一点呢？我们不应把幸运视作一种应得的权利，而应把它看作传播好运的机会；我们也不应把得天独厚的优势视为一张免于奋勇拼搏与挑战自我的通行证，而应当让它鞭策我们取得更大的成就。

对此我想做一个类比。与所有类比一样，我这个类比也不尽完美，但我希望它能引起一些共鸣，帮我对我想表达的意思做出清楚的阐述。

还记得加尔文教中"恩典会自行显灵"的理念吗？它大致是说，神会把某种特别的恩典赐予某些人。但由于神的旨意不可测，因此没有办法直接知晓谁得到了这份恩典，谁又没有。相反，这种恩典只能从人在这个世上所成就的事中推测一二。一个人可以通过多行善事、广结善缘来证明，他必定是那个一直以来得到这份特别恩典的人。这当中的逻辑听起来像一个循环论证，但从伦理道德的角度来看，它却产生了众生向善的结果。人们用值得尊敬、宽仁慈悲的行为来证明自己配得上那份有可能已经从上苍那里获得的恩典。

如果把这个故事中的"神"抽象成各基督教派中关于宇宙的综合概念，不囿于某种具体教派的教义，我们就更接近于我想表达的意图了。在凡尘中，拥有对我们关怀备至、悉心教养的父母，有衣食无忧的经济条件，类似这样的优厚待遇实际上也是一种恩典——是我们虽寸功未建，却依然得到的馈赠。但只有用好它、懂得如何把它回馈给世界，这样的馈赠才有意义——才真正算得上属于我们的礼物。

那么我们当如何看待在起跑线上获得的先发优势？如何才能珍视与尊重这样的恩惠，让我们能够或多或少地回馈社会，不要将其白白挥霍？如何才能表达出我们的感恩之情？

* * *

显然，生命始于怎样的起点，这对任何人来说都不是配得上配不上的问题。然而总有一些自命不凡的人会想办法让自己相信他们天生就该得到幸运的眷顾。有时候他们会借用神佛之说来证明自己理当拥有高贵的地位，就好像神明除了给他们无尽的宠溺、为他们消灾避难之外便无更要紧的事可做一般。有时候他们会将其归功于血统——就好像很早以前获得土地封赏或创办了企业的祖先与他们是否配得上这一切有任何关系一般。还有些时候，这些自鸣得意的人甚至都不屑于去思考命运缘何会垂青自己，反正好运已经做出了选择，又何必在乎其中有何缘由？

或许我们人人都在这样那样的情况下碰到过这样的人。他们可能是校园中眼高于顶、自以为才高一等的人（有时不过是夸夸其谈之辈），也可能是职场中看似温文尔雅，实则精明油滑、身无长物之人，总有办法称病逃避责任——他们认为可以通过高明的政治手段取代工作上的努力。他们在高尔夫球场中屡有无视规则之举，在网球场上常常空有俊朗之姿，鲜见体育精神。在交友中，他们有时颇为诙谐有趣，但完全不值得信赖。

简而言之，他们都是被优越条件宠坏了的人。他们出生时便拥有了先天优势，却没能证明自己配得上它。

如果不仔细思考，也就是说，我们如果对那些似乎定义了这些人的事物本身就很在意的话，会很容易羡慕这样的人。他们往往举止得体，有靓车相伴；爱好是帆船、马术等不俗的运动；就算看起来资质平平，没有什么特别的过人之处，也总能从最有用的学校中获得学历资质，还有不知何方来的贵人相助，帮他们轻松进入商业社会或打开职业通道。当大多数普通人不得不在人生道路上艰难地摸爬滚打之时，这些人似乎是乘风而来从人群之上掠过的。他们深知自己占尽天时，也乐得享用形势之便，在顺风顺水的人生中要风得风，要雨得雨。

很令人羡慕吧？

但如果我们再深入一点思考的话，恐怕就不会这么想了。

在许多特权人士精心保养的皮肤与悉心调教的举止背后，似乎缺失了些什么。那些写在脸上的自信其实稀薄又脆弱——它根本不是真正的自信，而不过是一种装作一切尽在掌握的习惯。他们对豪车、游艇、避暑别墅等某些玩物或多或少的沉溺，其实是对一些更加珍贵、更难以琢磨的事物所做出的一种不完美的补偿性行为，比如：人生的意义是什么？如何正确认识与接受真正的自己？在自己拥有的一切与内心的渴望之间是否存在有意义的关联？

最根本的是，他们信手拈来的魅力与玩世不恭的习气其实往往是因为缺乏自尊才为自己戴上的一面精致但徒劳的面具。自尊只能从你为自己赢得的嘉奖中获得。本质上绝对是如此。而很多生活优渥却精神空虚的人——很多时候这并不是他们的错——并没有机会在艰险的人生之旅中得到历练与救赎。家庭给予他们的是一个极尽奢华但缺乏厚度的苍白人生。就像我父亲所说的，他们出生时含在嘴里的金汤匙成了插入后背的金匕首。

* * *

没有哪一个父亲想要剥夺子女最有可能通往圆满如意的人生的机会，也没有哪一个母亲想在孩子追寻自尊、实现人生价值的过程中拖后腿。可是为什么会有如此多用心良苦的家庭落得事与愿违？

我想，其中的部分原因在于殷实的家庭并没有完全把他们所面临的某些困难与危险当成一回事。我们都知道金钱难买快乐；但还有一点大家虽不说破，却也心知肚明，那就是快乐也买不来金钱！总之，如果人生中一些必要的事可以用钱来解决，那么用钱来解决是种更容易的方式；但这并不能说明我们就应相信金钱可以解决所有问题、让一切痛苦烟消云散。而且坦白来说，事实是当很多家庭还在为了维持生计而疲于奔命时，让人去同情富裕家庭的孩子恐怕并不容易。

话虽如此，富裕家庭中的孩子确实面临着某些挑战与困境。这些问题是真实存在的，不是无理取闹。它们或许与头顶的片瓦、桌上的餐食等基本的生存问题没有关系，但也绝非无足轻重的小事。

很多临床研究报告也佐证了这一点。我读到了《给孩子金钱买不到的富足》（The Price of Privilege）一书的作者、心理学家玛德琳·莱文博士（Madeline Levine）所做的一份研究。基于 2007 年的研究，莱文博士得出的结论是：富裕家庭中有 30%~40% 的青少年饱受心理问题的困扰。其中，十几岁的女孩子中有 22% 临床诊断得了抑郁症，这一数据是全美国平均水平的 3 倍。在这些抑郁症患者中，10%~15% 最后选择了自杀。

显然这些是非常严重的问题。不过就算是在那些还没有达到临床抑郁症的标准、后果也不算离谱的人群中，他们面临的问题也往往具有很大的破坏性。所以，父母究竟犯了什么样的错误，无心之间让孩子承受了这些伤害？

从最基本的层面来看，我认为这样的错误主要可以分为两大类。其中一类就是用金钱替代了爱。

有关这一点，很多养育手册与杂志文章都讲过，因此我在这里不再做过多阐释了。但有一点或许并没有引起人们的注意，我想就此简单聊一聊。有些经济条件优越的父母在物质上给了孩子太多，但在爱上又给得太少，归根结底，在于单纯的懒惰，不愿意把自己投入其中。

如果你兜里有一张信用卡，给孩子买个玩具轻而易举。玩具会让孩子开心一阵子——而且，这件事对某些家长来说，或许更重要的目的在于让孩子有事可做，以便自己能够脱身忙自己的事情。花时间陪孩子玩耍，趴在地上参与孩子的游戏，观察孩子的小脑瓜如何运转，并试着帮孩子点燃想象力，这是对人要求极高的一件事，显然它所具备的价值也无可比拟。但它需要真正意义上的全情投入，而这不是一张简单的信用卡能做到的。

同样地，财力雄厚、人脉资源丰富的家庭可以把子女送到最好的学校就读——但这与真正在意孩子的教育绝不是一回事。约翰尼今天在那所阔气的学校中学了些什么？支付给学校的那笔学费是送给孩子的礼物，还是——更准确地来说——父母在试图花一笔重金来逃避自己教养孩子、回答问题以及引导孩子好奇心的责任呢？

在这种事情上，孩子是很难糊弄的。我发现人在孩童时期拥有的一种智慧会在未来的人生中被遗忘。孩子知道时间比金钱更重要。成年人，特别是当他们处于职业上升期，尽情享受着人生中赚钱能力最强的岁月时，很容易表现出一种相反的态度。之后，当人生进入下半场，金钱失去了诱惑，生命再无多少来日方长，人们便又回到了最初对人生的理解。可是到那个时候，孩子们长大了，家人天各一方，那些当初没能共度的时光也一去不复返了。

很多年前，哈里·查宾（Harry Chapin）在《摇篮里的猫》

（Cat's in the cradle）这首歌中完美地捕捉到了人生中的这种可悲之处。副歌部分的一句歌词最开始是从一位忙碌的父亲的角度唱出来的，到了后面则是用一个忙碌的儿子的视角来唱的。"我们定会共度美好的时光……我们定会共度美好的时光。"但这件事最后也没有发生，至此，曲终。

富裕家庭中的父母常犯的第二种错误与我们本书所讨论的主题相关性更强。如果说生命是由我们来塑造的，那么重要的是我们要为自己而塑造。

这并不是说我们不能够接受帮助、不应借助我们的优势条件。这不是一个非黑即白的问题，只是其中有很多细微的尺度需要把握。当一个家庭出于善意给孩子提供的条件让一切变得太过容易的时候，他们就破坏了孩子树立自尊的条件，剥夺了孩子通过难啃的骨头磨炼心性、在战胜困难后真正获得持久信心的机会。

我父亲常被人引用的一个宗旨是说，做家长的人在条件允许的情况下，应当给孩子提供"足够的条件帮他做任何事，而不是提供足够的条件让他无所事事"。换句话说，给他较高的起点是可以的，但给他一张免费的直通票往往是后果严重的帮倒忙行为。总有某个时候——而且越早越好——需要把辅助轮从那辆闪闪发亮的新自行车上卸下来！

富裕家庭给子女提供过于容易的人生有许多做法，其中最常见的大概要数让孩子进入家族企业任职，或是引导孩子从事家族中已经有人获得成功的职业。表面来看，这是一件好事。给自己的孩子提供一个稳定性极高、登顶路线清晰的工作不好吗？让孩子进入自己的母亲已经是业内专家的法律或医疗领域有什么问题吗？

但如果我们再深入一点思考，有些令人困扰的问题就出现了。这些看起来的好事到底是为了谁好？进入家族企业到底是为孩子做出的最佳选择，还是为了满足一个父亲的虚荣心？它是为了实现这个年轻人的梦想，还是为了彰显身为人父的权力，或是担心家族的基业无人继承？一个母亲通过自己在行业中的人脉轻松地把女儿送入自己的老本行，这又当如何看待呢？这么做的真正动机到底是希望去帮助这个年轻的姑娘，还是为了与颇具影响力的同行进行利益交换，由此来证明自己的重要性？

换句话来说，为了延续自己的野心与眼中的要紧事而去操纵孩子的人生与帮助自己的孩子之间的这条界线应该画在哪里？提出这个问题，我深知这些答案只会留在每一名家长的内心与良知中。

对我的父母来说，这个优先级是非常明确的。他们希望我的哥哥姐姐和我都能够找到自己所热爱的事业，并能乐此不疲、用尽全力去追求它——他们希望我们为自己的人生而活，在自己所做的每件事上烙上自己的印记。

不过有一点需要说明：这是父母为我们心怀的愿望，而非一种预期。他们理解寻找自己所热爱的事并不容易，也颇需要些机缘，它需要自由的成全，而来自家人的压力只会成为一种妨碍。因此我父母总是鼓励我们去为自己做选择。不仅如此，我们深刻地领会了一个道理，那就是我们所做的选择，不在于它能带来多高的地位、赚多少钱，而是要看它是否符合本心，能否让我们全情投入。如果我发现自己人生中的乐事是去捡垃圾，我父母就算看到我整天扒在一辆卡车后面也不会觉得有什么不妥。如果我在自己所做的事中能感受到快乐，这对于他们来说就足够了。

家里有没有给过我们压力，让我们加入家族企业或是走上父亲一路披荆斩棘所开辟的道路呢？是这样的，我哥哥豪伊是一个农民、一个摄影师，我姐姐苏茜在奥马哈养育了两个可爱的孩子，而我在音乐中找到了自己的事业。我想答案应该不言而喻了。

假如我把自己的职业生涯选在华尔街（这个想法我其实考虑过那么十几分钟吧），父亲会不会帮我进入这个行业？我相信他一定会的。假如我想在伯克希尔·哈撒韦公司谋一份差事，父亲会同意吗？我觉得他也会的。但我想说的是：无论在上述哪一种情形下，父亲会帮我的前提一定是我在这些领域感受到了真正的归属感，觉得自己非常适合它，而不是单纯因为这是一条最不需要耗费力气的道路。父亲不会助我选择投机取巧的人生，因为这么做不是特权的行使，而是人生的折损。

* * *

就像我在前文提到的，确实存在一些自命不凡的人，似乎认为自己获得的优势完全是理所应当的，自然也懒于理会没有谁天生就配拥有什么的事实。这样的人觉得自己特权在握，心中却无感恩——这样的人，就算愿意抬眼四顾，看到的也不会是充斥在世间的不公平与不平等，而是一个对他们来说恰到好处的世界。

这样的人只是生于权贵家庭的人中非常小的一部分人。一个人只有在完全没有感知力与良知的情况下，才能自鸣得意到那种程度——幸运的是，极少有人是那个样子的。

对绝大多数权贵人家来说，情况其实更为复杂，也更为微妙。他们知道从某种程度上来说，自己的好运来得不容分说，但它并不是由自己赢得的，他们深知在这个不公平的世界中，自己属于比较幸运的那部分人。如果说他们想要充分享用降临在自己身上的特权，这是可以理解的，只是作为有良知的人，要想这么做却也很难。当他们知道世上有那么多不幸之人时，自己又怎能做到充耳不闻，去纵情于命运对自己的眷顾呢？

与此同时，每每在使用自己的优势却需要加以克制时，人会心生某种怨愤：嗨，不是我非求着要来到这个世界的。人生不公平难道是我的错吗？

很快，人又会因为自己产生这样的怨愤之情感到惭愧。

各种情绪交织在一起，最终变成了我们有时所说的"馈赠的罪恶感"。

这种罪恶感造成的不安会愈演愈烈，让显贵人生中应有的乐趣都堕入深渊。它是一种阴郁的自我怀疑，让人觉得自己永远都不配得到这一切，无论做什么都不足以证明这些天赐的优势自有其道理。这种罪恶感是一种负累，一种消磨……但你知道吗，就算是有这样的感受，愿意承认这种感受，也好过假装这一切不存在。

这正是那些自命不凡的人背地里饱受折磨的地方，也是他们在人前的自信不堪一击、常用欢愉的行为掩盖空虚与痛苦的原因所在。就像弗洛伊德与其他人所指出的，困扰我们最深、最久的往往是我们自己隐藏、掩埋起来的事。他们不愿正视特权的另一面——责任，因此注定会让自己的人生在虚妄与不安中度过。

相反，我们如果承认有这样一种由馈赠导致的罪恶感存在，就能正视这个问题，找到克服它的方法。

第三章　CHAPTER 3

公平是个神话

政客与商界领袖非常热衷于提一个概念——公平的环境。

经济机遇应该是公平的，政治影响力应该是公平的，医疗资源分配应该是公平的，追求快乐获得满足的机会也应该是公平的。在一个理想的世界中，一切都应该是公平的。

可惜我们所生活的世界并不是这样的。

我们的世界是复杂的、迷人的、美丽的——但绝不是完美的。在真实世界中，这种传说中公平的环境最多只能算是人们的一种希望。往好了说，那是一个奋斗的目标；往坏了说，它只是一个类似于"第22条军规"[1]或是"完美风暴"[2]这样的空洞套话——我们已经听腻了、无须深入思考或严格定义就可以合情合理地用在许多谈话场合的概念。

---

[1] 《第二十二条军规》小说的英文名字"Catch-22"，现在英语中广泛地用它来表达"难以逾越的障碍"或"无法摆脱的困境"，是自相矛盾的、荒谬的、带有欺骗性质的暗黑规则的代名词。——译者注
[2] "完美风暴"意指同时发生一大堆麻烦事，类似"屋漏偏逢连夜雨"之意。——译者注

就像完美的圆，或者说任何完美的事物一样，公平的环境只存在于人的想法中，是一种柏拉图式的理想。真实世界并没有那么分明。体育比赛中，总有主客场之分，强弱旅之别。商业社会中，总有人履历光鲜、人脉深厚，也总有人无任何光环加身，赤手空拳而来。政治角逐中，总有人威震八方，气势如虹，也有人势单力孤，壮志难酬。在生活水平、医疗条件甚至人的寿数上，出生在非洲村庄与美洲印第安人保留地的孩子所面临的形势，恐怕要比出生在康涅狄格州郊区的孩子严峻得多。

这些事情没有一件是公平正义的，都会让有良知的人于心难安。

但我们总归能从中看到一点希望。承认竞争环境的不公，才能够敦促我们尽一切所能营造一个更接近公平的世界，而那些为了追求平等与公平所付出的诸多努力，则能够反过来消解我们在"馈赠的罪恶感"面前所承受的煎熬。

我们应当承认生命中的不公平，并且试着去减轻这个问题，无论我们的力量有多么渺小。这种道义上的责任感很早之前就种在了我的心里。这一点源于我的母亲。与她一贯的教育风格一样，她并不是通过说教做到这一点的，而是亲自带我去看这个世界，让我得出自己的结论。

就像她觉得有必要带我接触不同的教堂与不同的宗教礼拜方式一样，她认为让我去理解生于不同境况、面临不同机遇的人的生活也很重要。母亲交友不问出处，五湖四海都有朋友。有时候她会带我一起去城中人们认为比较"差"或比较"穷"的地方拜访友人。在这些居民区中，我看到的显然是与我们流着同样的血，与我们一样胸中有爱、心中有梦的人，只是他们生于一种不同的境遇，想要充分实现自身的价值会更不容易。

总体来看，母亲关注的往往是个人的困境，相比而言，父亲一直以来都是那个更能从全局看问题的人。透过他的视角，我逐渐明白了一个事实：机会的不平等不仅对身处弱势的人具有破坏性，对整个社会来说亦是如此。

如果那些身怀绝技、独具创意的人有机会充分利用自己的天赋，该有多少艺术创作得以问世、多少科学难题得到突破呢？显然，当机会被剥夺时，我们都难免一败涂地。

* * *

那么，既然这个世界并不完美，竞争环境的天平倾向一方，我们对此又能做些什么呢？我们怎么做才能让天平更加平衡哪怕一点点呢？我们该如何运用我们的优势，为他人创造一个更公平的生活环境，并且让自己在这个过程中充分发挥生命的价值？

对于这些问题，世界上有多少人，就会有多少种答案。它们以不同的形式、不同的程度呈现出来。有一些宏大的答案，我们把它们称为慈善事业。也有一些渺小的答案，藏在我们每日的善举中。无论宏大或渺小，我想这些善意的答案都应当依赖于几个基本前提。

首要的一个前提是认可人生而平等。这个道理看似人人都懂，可实际并不然。很多时候，就连出发点很好的人也会把人生境遇与人的本质混为一谈。可人生境遇可以天差地别，人的本质却是一样的。你如果相信任何人的生命都有尊严与价值，包括你自己的生命也是如此，就应当能够认可每一个生命都享有同等的尊严与价值。

可惜的是，有时候一些看似出于善意的行为却因为背离了这个基本事实而变了味道，虽然这种背离可能是无心之失。如果人认为自己从某种程度上来说比他们所帮助的人高一等，那么这种帮助便算不得真正的良善之举，而是一种居高临下的施舍。

第二个前提更复杂，它与我们是否能够谦卑地承认自己在对事物的了解程度与达成结果的能力上有一定的局限性有关。

我们只能尽力去帮助他人，但几乎无法确定自己的帮助是否真的有效，而且如果有效，又能在多大程度上起到作用。坚持要得到结果，期待得到别人的感谢，这些都不是仁慈之举，而是私心使然。这也是为什么说最纯粹的捐助者是那些匿名捐赠人。

不仅如此，认为自己比别人更了解对方需要什么，这是一种极其傲慢的想法。（当然，这正是殖民统治者与传教士们最荒唐之处。他们深信自己把西方世界的穿着习惯、道德观念与宗教信仰带给原住民，同时肆意践踏当地的文化与传统，就可以"改善"对方的生活。）

由此也可以得出，想要确定地说出什么算是"有利条件"、什么又是"不利因素"，恐怕也是一种不切实际的幻想。人生没有那么简单。我们要应对的不是一个非黑即白的世界。

我想借用一个例子来做个解释。

我有一个朋友在纽约大学读书期间曾在纽约儿童援助协会做过兼职。他来自一个工薪阶层家庭，靠着各种奖学金、助学贷款，通过打零工、做暑期兼职等方式支撑自己完成了学业。即便如此，他仍然觉得相比于那些连大学都没机会上的人，自己已经很得上天的眷顾了。他身上的相对优势并不在于经济条件，而与他来自一个支持他、对教育非常重视的家庭有极大的关系。他的家庭传递给他的是一种求知的欲望，以及在竞争激烈的学术环境中脱颖而出的信心。

他在儿童援助协会工作的部门位于曼哈顿的东村地区。当时这片区域还远未发展成如今这个热闹繁华的新贵云集之地。那个时候，这是一片晦暗无光的辖区，到处是空置的公寓、废弃的汽车与被焚烧的床垫。这里的公立学校质量很差，学校资源几乎到了山穷水尽的地步。成人与青少年中，吸食海洛因的大有人在；入室盗窃与拦路抢劫司空见惯。一个完整的家庭在这里都难得一见。总而言之，一个在这样的环境下开启了人生之路的孩子所面临的人生角斗场已完全失衡，严重倒向了另一个方向。

我的这位朋友回忆道："我带过一组孩子，由十几个男孩子组成。最初与他们结对子的时候我完全崩溃了。我与他们在一起的时间非常少——一周八到十个小时——但是我希望达成的目标又有很多。所以我急于弄明白他们到底面临着什么样的问题，于是我犯了一个我觉得人们很容易犯的错误：把问题过度简化了。我以为他们面临的所有困难都可以归结到贫穷上来。因为这是他们的共性问题，不是吗？

"但是随着我对这些孩子的了解不断加深，我意识到那样的理解有多么片面。把一切罪责都归咎于贫困是好意相帮的人很容易得出的一种简单答案，但它无法解释孩子们为何会面临各种各样的问题。有的孩子对我的依赖方式非常像我们从更小的孩子身上才能看到的样子，他们往往是没有父亲陪伴的孩子。有的孩子会与我保持距离，似乎永远都不会信任我，这样的孩子往往来自饱受毒品与暴力摧残的家庭。有的孩子似乎只是把这个协会当成了一个能够安安静静坐下来读一本书的避难所；还有一些孩子的好奇心被压制，对学业的信心被摧毁，在他们所形成的观念中，书是留给那些'娘里娘气'的人去看的。当然，还有一些成天制造麻烦的孩子，他们精力极其旺盛，永远在挑战底线，完全是在看你是否敢于惩罚他们。"

多年以后一次偶然的机会中，我的朋友在曼哈顿一所威望颇高的私立学校当了一段时间老师。

"你知道吗，"他告诉我，"我在他们身上看到了许多在儿童援助协会中的孩子身上同样出现过的行为与问题。"

我朋友任教的这所学校有一个特殊的使命，它是专为"天选的后进生"所设的。

他回忆道："这是对那些富裕家庭中搞砸了的孩子的代称。

他们都是被其他学校逐出门的孩子，家长们每年花三万美元在这里，给孩子买一个重新来过的机会。"

公平世界的天平难道不该是倒向这些孩子的吗？从经济条件上来说，这个世界确乎是让他们占尽了优势。为什么他们的人生似乎没有体现出这样的优势？

"富人家的孩子，穷人家的孩子，"朋友说道，"我不再关注这种区别，而是开始关注更普遍的问题。来到这所高级学校的孩子，他们的父母往往忙于自己的事业与社会活动，有一些甚至是社会名流。这些孩子像极了儿童援助协会中缺少父亲陪伴的孩子——敏感、黏人，经常需要更多的关注与安慰。而那些常被父母虐待或贬损的孩子则总是在我还未开口讲一个字的时候，就对我表现出了愤怒与怀疑。当然，这里也有很多试探底线的孩子——他们总是在被开除的边缘来回试探，这很有可能让他们的父母不得不再一次想办法对付他们。"

在与来自经济状况截然相反的两种家庭的孩子打过交道后，我的朋友得出了怎样的结论呢？首先，显然如果把"荣宠"简单地等同于"有钱"的话，我们就掩盖了很多中间地带的情况，把许多因素一笔带过了。看起来，好的教养方式至少可以战胜一些伴随贫困而来的问题，而教养不善也可以轻易把富足带给人的优势挥霍一空。你不能绝对地说哪些群体的孩子一定比另一些孩子更快乐、适应性更好，或是更具备充分发挥人生价值的条件。

他还得出了一些个人感悟。他告诉我："在这两种情形下，我本来都应当是去提供帮助的,然而最后无论在哪里,我发现我从中学到的东西远比我能教给他们的多。"

"从家境贫寒的孩子那里,我更深刻地了解到这个群体的不可思议之处——他们身上确乎蕴含着一种卑微的、向上而生的力量,能够让其中很多人都无惧人生中的任何处境。这样的勇气源自何处?这些孩子如何做到了乐观?对其他像我们这样的人来说——如果向挫折低头,岂不是懦夫一个?"

"从富贵人家的孩子那里,"他继续说道,"我得到了不同的感悟——是关于我自己的。一开始去那里工作时,我心怀愤懑,有种阶级怨恨。我的父母拿不出来三万美元供我读私立学校,凭什么这些孩子可以?然而当我看到了他们的脆弱,感受到了他们的痛苦,了解到他们同样是普通人时,我意识到自己必须放下那种态度。如果悲天悯人之心只能给予条件不如自己的人,那么便算不上真正的悲悯。真正的悲悯应当能够泽及任何一个需要一点帮助或理解的人——如此说来,那便是众生无疑了。"

朋友最后还提到了他从这些经历中学到的一件事,这一点也许最贴近我们本书所讨论的主题——离开那里时,他已经能更好地看待自己所处的人生境遇,更能接受人生天平的不公。他说:"我意识到没有任何两个人拥有的各种优势与劣势是完全一样的,更别提某种条件是否有利完全取决于人如何去面对它。把人生的轨迹稍加调整,逆风可以变成顺风。继续努力前行,终将有千帆过尽、别开生面的一天。人生始于何处其实并不重要,重要的是你将去往何处。"

* * *

既然真正的、完美的公平环境是一个不可能存在的理想境界，加之没有两个人的人生有完全相同的景致，那么当命运的天平向有利于谁的方向倾斜时，这个人所取得的成就与价值是否就应当被质疑、被折辱呢？

我相信，对于许多有得天独厚的条件的人来说，这是一个非常严肃甚至令人饱受折磨的问题。他们真的可以相信自己的成绩完全属于自己吗？知道自己在成功的过程中曾或多或少站在过较高的起点或是得到过关键的助力后，他们是否会轻看自己几分？他们如何才能获得一种只有知道一切回报均归功于自己的努力才能体会到的满足感？

在人的表现是可以得到衡量、被众人关注的领域中，这样的问题很容易回答。我们不妨来看一个世界体育领域中的例子。

肯·小葛瑞菲（Ken Griffey Jr.）是美国职业棒球大联盟中一位非常优秀的棒球运动员之子。在开始自己的体育生涯之时，他占尽了天时地利。很小的时候，他就从父亲那里学打棒球；常年出入棒球俱乐部与场边休息区，他耳濡目染的都是职业运动员的风采。许多教练与球探都特别关注他。但这又怎么样呢？当他打出一记本垒打时，有人能质疑这是不是由他打出来的吗？显然，从他独立踏入球场的那一刻起，他的背景是什么已经不重要了，定义他的将是他自己的战绩。能够让小葛瑞菲顺理成章进入名人堂的，将会是他辉煌的战绩与问鼎的决心。

或者，我们再来看一个娱乐界的例子。凯特·哈德森（Kate Hudson）是歌蒂·韩（Goldie Hawn）的女儿。除继承了一张可爱的脸庞之外，她还是在好莱坞圈子中长大的，有办法接触到很多经纪人、制片人与导演。但还是那句话，这又怎么样呢？当她诠释某一个角色或站到镜头面前时，这些有利条件统统隐没进深深的背景中，此刻，只有她对角色全身心的投入与精湛的表演才是唯一重要的东西。

值得注意的是，如果没有足够的才华与热爱，就算拥有全世界最高的起点、最多的人脉也无法保证一个人取得成功。还记得南茜·辛纳特拉（Nancy Sinatra）与小弗兰克·辛纳特拉（Frank Sinatra Jr.）吗？显然，命运向他们敞开了所有的大门，可他们的音乐才能却无法达到他们著名的父亲所能达到的高度。我说这些话并无轻蔑之意。辛纳特拉家的子女做出了自己的尝试，这一点值得赞赏。我想说的是，在一个成功与失败、杰出与平庸都能明显地呈现在大众面前的领域中，要想看到继承优势与个人能力间的差别还是比较容易的。

然而大多数人所处的并不是一个可以由击球率、奥斯卡提名或格莱美大奖清晰地进行定义的领域——这就是事情的麻烦之处。我们多数人都需要在内心深处、用最坦诚的心态来为自己做出判断——我们是靠自己的努力赢得了嘉奖，还是只是乘了东风之便，坐享其成呢？可我们做出判断的依据又当是什么呢？

首先，我觉得可以做一个简单但很重要的心灵拷问。当我们选择一条职业道路或一种生活方式时，我想我们需要问问自己：

做出某种选择是因为有笃定的信念,还是因为在这个选择上有便捷的条件?换句话来说,我们是真正在选一个自己想要去玩的"游戏",还是在放弃自己的选择,让向我们倾斜的便利资源替我们做出决定?

我在前文提到过,我曾短暂地考虑过是否要把职业目标定在华尔街。如果当时这么做了,我会乐在其中吗?恐怕不会。我能干得得心应手吗?我们也不得而知。但可以确定的一点是,假如我进入这一行,会有非常多的有利资源向我倾斜。一定会有人聘用我,就算是看在父亲的面子上也会有人这么做。在职业发展道路上,我很有可能会得到特别的关照与栽培,而且想要开除我恐怕也很难。

如果说我能感觉到自己对银行业与金融投资有一腔热血,如果我从心里相信华尔街就是我的职业宿命所在,就算抛开我所能获得的优势,我大概也会义无反顾去追求它。如果有人想说"他能做到这一切是因为他父亲是沃伦·巴菲特",就让他们去说吧。毕竟如果这就是我想要倾注全部心血的事情,这就说明我已经找到了一条能让自己的成就实至名归的道路,我又何必在乎别人说些什么呢?

但这个"如果"是极其重要的前提。它决定了我们走向的是毁火还是救赎。

就我而言,我问过自己的内心,并且很容易就得出了自己不适合华尔街的结论。从职业发展的角度来说,我想华尔街应该是个精明的选择;但是从更深的角度来看,这样的选择更像一种对命运的臣服、一种想象力的失败。

  这种心灵的拷问无关别人,而是自己的事;没有人可以替我完成。同样,也没有人能够替你代劳。我们每一个人都应该为自己决定该把一腔热血洒向何处,即使这样的决定会将我们置于一条陡峭的向上之路上。

第四章　　　　　　　　　　　　CHAPTER 4

选择的福与殇

在我十几岁的时候，我已经在一种非凡的工作态度中浸淫了许多年——那便是父亲的职业操守。我还从母亲那里学到了很多，窃以为，那可以算得上母亲的一种人文道德——她对形形色色的人充满了无穷的好奇，而且对于走进他们的世界、听他们的故事、了解他们的人生，表现出了一种无畏的决心。

但即使是这样，每每谈及自己的未来以及该为未来做出什么样的选择时，我与许多甚至是大多数青少年一样，都感到迷茫、困惑、不够坚定。

我甚至都怀疑过自己有没有必要上完高中，或者说至少应该以一种不一样的方式从高中毕业。我急于奔赴自己的生活，因此心存跳过高中最后一年提前毕业的想法。

当时我对摄影有着浓厚的兴趣——早在八年级的一个男生俱乐部课程中，我就喜欢上了它。那时候，我对体育没有太大的兴趣；音乐虽然是我的爱好，但还没到热衷的程度。我需要在人生中找到另一种活动，一件我很擅长，还能由此定义我是谁的事。摄影的出现恰逢其时。上高中之后，我已经在频繁地为校报与年鉴提供摄影素材了；我还在当地一家周报报社做暑期工。每一天我都能学到很多东西，而相机也成了代表我身份的一个重要部分。

有了这些小小的成绩之后，我给自己制订了一个非常想当然的计划，当然你也可以说是一个深思熟虑的结果：我想提前结束高中生涯，搬去怀俄明州的杰克逊霍尔市，在那里做一名摄影记者，养活自己的同时还能在这个地球上风景最壮美的地方纵情享受户外生活。

相比于诸多年轻人的想法，我的这个计划也不算离谱。毕竟我确实凭自己的本事让自己的摄影图片登上过出版刊物。说不定我真的能在某家报社找到工作，并在杰克逊霍尔开启自己的职业生涯。但会不会真有这样一天，我们永远无法知晓了，因为我的父母对于我在那个阶段应该做什么样的事有着完全不同的看法。我那青春期的幻想敌不过他们对未来清醒、理智的判断。

这就把我们带到一些非常复杂的局面中了。它提出了一些很难回答的问题，但由于每个家庭的情况不一样，这些问题甚至没有确定的答案。

比如说：父母精心的引导与过度的干涉之间，界线应该在哪里？什么情况下，父母的帮助会变成控制？什么样的养育程度算是过度养育，而其中分寸的变化对一个孩子的成长又会有什么样的影响？年轻人在选择自己的人生道路之时，真正拥有的选择权有多少？留给他们多大的回旋余地才是合理的？太大的自由、太多的选择本身是一个问题吗？

巴菲特家族在这些问题上，存在一种根本性的矛盾。明确告诉孩子们应该做什么、成为什么样的人，这不是我父母的教育风格。相反，父母在养育我们的过程中一直灌输给我们的观念是，我们可以成为自己想要成为的任何人，跟随自己的内心前往任何想要到达的彼岸。

但生活从来就没有这么简单，不是吗？

表面上来看，我们明确知道做什么选择应当由自己来决定，我们的自由不受任何约束，但隐约有种力量一直如影随形，似乎总在左右我们的选择、为自由划定边界。这种隐秘的力量，显然就是父母的预期。每个家庭都存在这种无形的力量，我们对此都心知肚明，无须明言。

在我的家中，大家心照不宣地认为，我们这些孩子在学校一定会拿出最优秀的表现来。父母虽然没有给过我必须拿到全A成绩的压力，但默认我会非常认真地对待学校、把自己全身心地投入其中。这样的假设绝不是件坏事。它调动起了一种良性的态势：他们期待我在学校有好的表现，那一定说明我可以做到；有了这样的信心，我的确在学校表现得不错，自我感觉良好。

但这又让我回想到年少时我想要跳过最后一年直接进入社会的计划。在这个十字路口上，摆在明面上的观念（去寻找自己的快乐吧！）与秘而不宣的想法（不要太急于寻找快乐……路要一步一步走）正面遭遇。

像许多沉不住气的年轻人一样，我无法不把后者看成强加在我身上的桎梏、横亘在自由面前的阻碍，它令我的满腔热血无处安放。然而多年以后，我才逐渐意识到，当年的劝诫饱含深意，只是我未能领会其中的微妙之处。父母并非想阻止我前行，相反，他们只是担心我会因为行色匆匆而错失人生中美妙的事物，因此想要告诫我成长的过程中不必走得太快。我们终有一天会长大成人，在未来的某时某刻，我们会拥有成年生活。有时候通往成年的道路可能会崎岖不平，充满坎坷，但如果一味求捷径，那么失去的可能远比得到的多。

不管怎么说，我想要离开学校的打算着实给父母带来了不小的惶恐。最后，在我高中上到第三年的时候，母亲出手了。很幸运我是后来才知晓这件事的。如果当时被我知道，一头撞入青春期叛逆阶段的我很有可能与父母走向对峙，做出糊弄自己未来的事。

事情的经过是这样的。

高中三年级春季的某一天，我的新闻学老师把我叫到一边，私下跟我说了几句话。他说他打算在我进入高中四年级后，聘任我来担任学校年鉴的编辑——当然，前提是如果我愿意重新考虑提前毕业的事。我很荣幸获得了这样的邀请；编辑的身份能够让我在更正规的环境下继续我的摄影事业。我想我大概连眼睛都没眨就一口答应了（毫无疑问，这也充分说明了我对前往杰克逊霍尔的执念之深——但在别人眼里，这不过是青春期的冲动罢了）。

高中四年级快结束的时候，我得知了母亲在前一年的春天曾经找过我的新闻学老师，是他们二人共同导演了这一出戏。

对此我有什么样的感受呢？我想，时隔35年后的今天，我还能想起这件事，这本身或多或少表明了我的一种复杂心情。

从一方面来说，如今我知道母亲当年游说我留在学校是对的，甚至在当年我或多或少也能够理解。而且我也相信我的新闻学老师是发自内心想让我去做这个编辑的。

可是反过来说……两个成年人，在我不知情的情况下，合谋改变了我的人生道路。这一点令我惶恐。我不知道我该感谢他们的干预，还是该怨恨这种做法。恐怕从某种程度上来说，这两种情绪我都有过。我从不怀疑大人们从心里是为我们好；但即便如此，他们的干涉还是让我感到不安，让我不可避免地在脑中产生了一些难以释怀的疑问。成为一名编辑只是一个普通到不能更普通的成就了……可就算是这样，我就一定能确定这是凭自己的本事得来的吗？我是被慢慢地引导到属于自己的宿命中了呢，还是在追寻自己的人生、努力做自己的途中被父母最大的好意斩断了去路？

如果有人想让我从这件事中得出一个干脆利落、确定无疑的结论，我必须说声抱歉，因为我没有。这个故事引出的问题并不容易给出轻松的答案。但有一点是确定的：做父母不易，做孩子也不易，从来就不存在完美的父母，也没有完美的小孩（事实上，虚伪与精神崩溃等现象反而在人们试图追求完美时频频出现）。关爱孩子的爸爸妈妈们永远都会情不自禁地想要参与到孩子的成长中来，有时候难免会越界。孩子们对于自己眼中大人的干涉也永远会感到愤怒，即使他们有时确实在误入歧途。但这就是生活。

不过我后来明白了，父母与子女间难免出现争执，但重要的不是造成这些矛盾的意愿冲突，而是双方所做的决定以及如何重新看待这些决定。我永远也无法知晓如果当年前往杰克逊霍尔市我的生活会变成什么样，但我能知道的是留下来完成学业是个正确的决定。从前我想要相信自己已经做好了独自去面对这个世界的准备；如今看来恐怕并非如此，我接受了这个事实。当时的我充分享受着自由的奢侈，所做的一切其实都是在学习如何为人生做出好的选择，只不过那时的我还未能领会其中的奥义。最后你会发现，这个过程几乎有种禅意在里面：我找到了人生之路并不是因为我强求于自己的意愿，而是因为放下了执念。

对了，高中四年级时制作完成的那部年鉴挺让我自豪的。

* * *

这本年鉴的故事让我想到一个更具普遍性的话题——同样，这也不是一个非黑即白的问题，存在很多模糊地带，或许还会让人有些不舒服。那就是父母如果通过幕后操纵让孩子们享受到特别的待遇或有利条件，会对孩子有什么样的影响？

我在前文提到过，我小的时候家里并不富裕。不过等我长到十几岁进入青春期时，父亲已经有了很高的知名度，成了备受尊重的人物；他有很多有权有势的朋友，也几乎没有他的人脉触及不到的地方。一个不争的事实是，是巴菲特这个姓，加上《华盛顿邮报》发行人凯瑟琳·格雷厄姆所写的推荐信，把我送进了斯坦福大学。

这样的事并不鲜见。所有的私立大学都会把一定数量的"遗泽"入学名额留给杰出的校友以及潜在捐赠者的子孙们。通常情况下,这些子女与那些在入学考试中拿到双800分或在毕业典礼上致过辞的优秀学子融合得非常好。这样的体系公平吗?并不见得。但在此令我感到忧心的并不是这个"体系"本身,而是这样的体系对不同个体的影响。

坦白讲,我并不确定当初为什么会同意去斯坦福。那个人生阶段的我对高等教育有多么火热的憧憬吗?我觉得并没有。我对那所学校有多么情有独钟吗?好像也并不见得。如果说我能确定些什么,事实就是我之所以去斯坦福大学,是因为我知道能去那里是种荣幸。与其说它是我发自内心渴望拥有的一段奇遇,倒不如说那是一个我觉得不应当被放弃的机会。

总的来说,我的动机难以自圆其说,也有些不痛不痒,出于义务的成分多于快乐。这无疑是三个学期后我离开学校的部分原因。关于这个决定,其实有很多话可说,适当的时候我会再讲,不过在此我只想提一个更有可能导致我选择离开学校的因素:我从一开始就不确定自己是否真的相信自己配成为一名斯坦福的学生。

如果我不姓巴菲特,学校是否还会接纳我?如果没有那些顶级人物写的推荐信,我的入学申请是否还能令人刮目相看?与在校期间平均绩点4.0的学生以及SAT[①]拿到满分的学生享有同等

[①] SAT是美国高中毕业生学术能力水平考试,也称"美国高考"。——译者注

的优遇、坐在同一间教室中，我配吗？

这些问题让我焦虑到夜不能寐的程度了吗？倒也没有，可是它们或多或少破坏了我的自信，让我从心里——那个唯一重要的地方——对自己存在于此的合理性产生了怀疑。

父亲帮我进入斯坦福错了吗？显然没有。哪个父母不想帮孩子在人生路上前进一步？但我想这是另一个难以两全的问题，也没有什么确切的解决办法。它从另一个角度说明了做一个完美无瑕的家长或一个不生事端的青春期孩子是件多么不可能的事。

因此有时我们皆需心怀谦卑。为人父母者通常比子女懂得多，但无论是谁都有对事物了解不够的地方。我们凭着美好的意愿行事，也希望一切行为都有最纯良的动机。只是，讲真的，有时候这些动机比人们所愿意承认的复杂多了。想必我们都知道一些这样的家庭吧，他们把子女送进哈佛或耶鲁大学，就是为了向人炫耀自己的孩子上了这样的名校。"哦，您家孩子在欧洲游逛了一年吗？我家孩子在普林斯顿上法学预科。"谁又能说得准这两个年轻人中哪个人的经历更有价值呢？普林斯顿的学费主要是为孩子的教育而支付，还是在为父母的虚荣买单？

每个家庭的答案都不尽相同。我就不必在此引火烧身了，只是先把问题抛出来。

* * *

留在斯坦福的那些日子里，我努力地把这段时光用到了极致，当时我还没有找到明确的方向，事后看来，这一点反而在某种程度上成了一件幸事。虽然说我当时还没有对某个学科表现出特别浓厚的兴趣，但至少可以说我几乎对每个学科都保有一种温和的好奇。我在自己可以承受的范围内报名参加了尽可能多的课程——以"101"①或"某某学"结尾的。

梧鼠五技，博而不精。你可以把我称为一个"什么都懂点的半吊子"——如果你能知道这个说法出自何处。它源于意大利语中的一个动词"dilettra"，原意为"在自己所做的事情中自娱自乐"。而这正是我所做的事——充分享受广博而丰富的通识教育所带来的快乐。这才是像斯坦福这样的大学在真正意义上的优越之处，尽管我当时或许还没能完全意识到这一点。我可以阅读各种伟大哲学家的思想，研究许多基础科学，恣意徜徉在文学的海洋中——没有需要尽快选定主修专业的压力。确定专业这件事只会把我的视野收窄，将我引导到某个职业方向上，而且严苛的学业要求与竞争压力也将进一步限制我的选择自由。

人文科学院的体系设置充分滋养了我无边无际的好奇心，但我如今明白过来，我内心的自由感，也就是选择的自由，这一点很早之前就在家庭的影响下得到了培养。在我父母给予我的诸多馈赠中，这一点无疑是最宝贵的礼物之一：相信自己无须被生活胁迫，相信人应当在开阔的视野中思考如何度过一生，而不是把自己折叠挤压，塞进某个预设的狭小空间中。

---

① 在美国，数字"101"是大学课程中基础性课程的编号，是对某一个主题的总览。它通常指的是基础入门级课程。——译者注

在斯坦福读大一的那一年，有件小事让我真正理解了这种自由是一件多么稀缺与珍贵的礼物。

有一天路过宿舍楼的门廊时，我听到一个我认识的女同学正在电话机上情绪激动地说些什么（是的，听起来奇怪，但真实情况就是这样，从前还没有手机这种东西，大学生是用大堂中的付费电话与家里联系的，通常由接听人付费）。为免一不小心听到她说的话或是对她造成冒犯，我悄悄地走开了。没过多久，这位同学就沿着门廊走了过来，一路哭泣着。

我问她出什么事了，结果发现她流下的是开心和解脱的眼泪。她刚刚跟自己的父亲通过话，向父亲敞开了心扉，告诉他自己有多不开心、多么崩溃，以及如果她继续走现在的路，将来只会看到痛苦，甚至可能是失败。她的父亲认真听完她的话，最终松口了，同意她不必去做一名医生了，做律师也可以。

我的这位同学擦干了眼泪，同时在所有压力得到释放之际几乎笑了起来，她说道："这是不是也太美好了？"

我呆立在那里，一时语塞，思索着该说些什么有用的、表示支持的话，但脑中唯一出现的念头只有"你能有自己的选择真不错……但等等，这就完了？！做医生还是做律师？在人生那么多的可能性中，你只能从这两者中选其一？"

我不记得我最后说了些什么，也许只是点了点头。但这件事却让我开始思考了很多事情。其中一件当然就是关于人们所拥有的选择以及不同的人所做的选择会有多么不同。另一种思绪是有关选择与特权之间有时像悖论一样的复杂关系。

静下心来想一想，到底什么是特权呢？我相信很多时候，人们仅会把特权与金钱以及能用钱买到的东西相挂钩，觉得人生的优遇，就在于住着舒适的房子，过着锦衣玉食的生活，睡在洁净的卧榻之上，享受着冬暖夏凉。这些都没有问题，可是这些就是所谓特权的核心要义吗？我觉得不是。

如果说生活就是我们将它塑造成的模样，如果我们愿意承担起这样的挑战，创造自己想要的生活，那么对于我来说，人所享有的特权，其实质则在于能够在最大范围内拥有选择的自由。

想来有许多人是算不上享有特权的，至少在我们的传统观念中是这样。比如非洲村子里的居民，由于政府腐败无能或缺乏受教育的机会，他们只能一辈子凭着几分薄田或几头骨瘦如柴的牲口勉强糊口。比如在贫民窟中长大的年轻人或生活在贫瘠的印第安人保留地的原住民，他们的眼界在破碎的家庭环境与绝望的文化气息下再难触及远方。再比如，由于受到社会体制的制约，那些自进入工厂或农村起再没能离开过厂子与田间的劳动者。对于生活在这种情况下的人来说，生存往往已经占据了他们的全部精力。自己与家人的吃住显然是他们首先需要考虑的问题。但收入来源的稳定与物质条件上的舒适还不是他们唯一缺乏的东西；他们常常无法拥有的，还有选择。而且你只要细细品品就会发现，缺乏选择就其残酷程度来说，与缺乏任何其他东西别无二致。饥与渴可以在日复一日中得到满足，可是人对于改变、对于新的可能性所充满的渴望却会在求而不得中持续一生，甚至成为数代人解不开的心结。

这又让我想到了斯坦福的那位同学。显然，她属于"享受着特权"的人。她的家境殷实，有机会接受世界顶级的教育。理论上来讲，她完全可以拥有无穷的选择。

然而实际中，家人对所谓"优质的"、"得体的"或"社会公认的"职业选择所持的偏见，正在不断压缩她人生中的可能性。成为一名医生或律师当然没有任何问题，如果这正是一个人心之所向的话。而这恰恰是我想要说的。在我这位同学的故事中，她想要什么似乎在整个事情中显得并不重要。那时她的未来正在被强加在她身上——而且，至少在此之前，她就这样允许一切发生了。

换句话来说，她享有人生的特权，然而摆在她面前的选项，似乎与没有无异。这多么违背常理啊！一方面来看，父母给她提供的条件足以让她拥有世上最丰富的选择；而从另一方面来看，父母又把绝大部分可能性带走了。她如果想成为一名教师或一名舞者呢？如果她想做的事可能不足以维持那么好的生活条件，但却有可能给她带来更大的满足感呢？如果她真正向往的事业在当时的文化环境中显得不够风光，又当如何呢？

不必怀疑，这位姑娘的家人从心底里是为了她着想的，或者说他们认为自己是这样的。他们希望她能过上一个物质条件舒适、社会地位优越的生活。他们想要自己的女儿做出正确的选择。

可是正确的选择并不一定是那个安全的、舒服的或显而易见的选择。它通常并不是由别人为我们所做的那个选择。如果我们只能在刻板、狭隘的选项中做出选择，这对我们所理解的特权来说只能是一种浪费。

* * *

我想给大家讲一个更欢乐的故事，它与发生在我这位斯坦福同学身上的事形成了非常有趣的对比。

我曾在汽车贴纸与 T 恤上看到过这样一句话——如果说它出自佛祖或老子，我也不会觉得奇怪——大意如下：不是所有的游荡都意味着迷失。我碰巧也相信这句话的内核中所蕴含的真义——虽然它很容易被过度解读。我想说的是，有些四处浪荡的人确实是迷失了自我，这也是不争的事实。但在很多情况下，一个人游移在错综复杂的选择间并不是陷入迷失，而是为了寻找自我走的必经之路。

不久前，一个朋友讲给我他之前一位同学的故事。这位同学几乎每个学期都在换专业。最初进入大学时，他想要成为一名机械工程师。但工程学中很多具体的、需要动手实践的部分很快让他感到无趣；于是他对更超凡与抽象的东西产生了向往。

于是他把专业换成了物理学。这门学科确实令他着迷了一段时间，但他又发现这门学科真正吸引自己的地方是它所展现出来的规律与秩序之美。

因此他又把专业换成了数学这种单纯研究规律的学科，彻底与研究实体的学科告别了。对数学的兴趣持续了一两个学期后，他发觉自己的世界似乎变得太过抽象了，于是脑中开始对能用眼睛看得到、用手触摸得到的事物产生了渴望。

他又一次换了专业，这一次连学校也换了。他报名进入了罗得岛设计学院的美术专业，主攻绘画。至此，他的父母想必早已怒火中烧，连朋友们也开始觉得他大概就是那种聪慧过人但极不靠谱的人。

这次在选择上的跳跃其实不像第一眼看上去那么荒诞。这位同学只是对规律之美十分着迷。数学中的规律虽妙不可言，但看不到摸不着，因此他希望能够在某种程度上将其呈现出来。因此为什么不试试用一种类似的东西，通过精心雕琢的线条、构图或色彩组合来表达呢？

然而，新鲜吗？绘画这个选择似乎也不大行得通。首先，他怀疑自己是否有足够的才华把自己对绘画的奇思妙想变成真正的艺术品。除此之外，他发现画家的生活太孤独了，那些能够让多数人共情的共同经历与商业行为对他们来讲太遥远了。

于是他又一次换了专业，这次是建筑。建筑是一个需要合作、需要与人打交道的行业，兼具艺术与商业属性。其设计也需要物理与数学关系的相关知识作为支撑，还能够让他施展自己的绘画技巧，把对图形规律的热爱运用到实践中来。这下他总归是找到自己的使命所在了吧？

几乎算是吧。建筑专业还有一些问题依然困扰着他。其中一个是大多数建筑设计从未真正落地建造；它们活在图纸上，最终也随图纸而去了。那么那些设想中用于建造的钢铁、玻璃与石材又怎么样了呢？这位同学发现自己对各种材料以及它们不同的特性越来越感兴趣。也就是说，兜兜转转了一大圈之后，他反而在像一个机械工程师一样思考问题！

这些设想中的建筑物应当如何完美地嵌入一座城市的布局规划与城市轮廓？它们的建筑美学、规模以及所用材料的属性与成本将如何影响生活与工作在其中的人呢？从更大的规划背景来看，应当将这些建筑置于什么样的排布模式？

就是它了！他最终找到了一门既能满足他最广泛的兴趣，又能充分运用他所掌握的各种技能的学科。原来他的归宿是成为一名城市规划师。他最后一次换了专业，直到硕士毕业，然后走上了一条辉煌的、令人满足的职业道路。

那么，这么多年来当他辗转于各个学科间时，他是"迷失"了吗？还是只是在看不清前路的时候一路蜗行摸索，直至最终踏上属于自己的道路？

* * *

世界上存在自由太多、选择太多这种事情吗？

我想答案是否定的，虽然我也很容易理解为什么有人不这么认为。这样的例子太多了。许多年轻人未能善用自由，凭着自由做着有破坏性的事，在生命给予的诸多选择面前迷失了自我。孩子们沾染上毒品，虽然不是自由造成的，但这显然是对自由的一种灾难性的滥用。很多时候，吸毒是其他问题的表象，是因为吸毒人员还没有为这些问题找到更好的解决办法。一个年轻人跌跌撞撞闯入成年世界的时候如果尚无壮志在胸，也找不到人生方向，大概率与人在诸多道路面前的抉择无能有关。

不过，我们要明确一点，也不要找任何借口。当自由没能得到善用的时候，那不是自由的错，而是人的错！

自由需要得到管理，而且应当是一种由内而外的修炼。我的母亲有句话很适合用来总结这一点，实际上算是她的老生常谈了。过去她常告诉我，你可以成为你想成为的任何人，但不可以想怎么做就怎么做。所谓随心所欲不逾矩便是如此。理想可以漫无边际，但行为需约束在恰到好处的范围内。这样的约束是由人的德行与品性、由人们心中共同秉持的体面与道义所界定的。它们不是用来限制自由的，而是让自由有了方向与形象。毕竟，自由不是无政府主义，不是法外之地，也不是混乱不堪的无序状态。

同理，当人们纠缠于自己的各种选择中时，并不是因为选择太多，而是因为缺乏对自己的清醒认知以及全情投入某件事的坚定意志。

可是一个人如何才能做到这两点呢？这就要谈一谈"天生我材何所用"这个复杂的话题了。

第五章　CHAPTER 5

职业宿命之谜

2008年秋，我有幸在纽约与洛杉矶两地的帕雷媒体中心举办了演出。这个机会对我来讲意义重大，原因至少有几点。这几场演出以音乐、录影、谈话相结合的形式，给我提供了一个分享与提炼自己许多想法的机会，而这些想法后来又成就了本书。此外，洛杉矶的那场演出对我有着特殊的意义，因为我的父亲到场参加了那次活动。

那是他第一次在这样的公众场合听我演奏与唱歌，而且他不仅仅是去做听众的，还参与了表演。他带来了自己那把多少有点名气的尤克里里，在开场节目中与我共同表演了一曲。在倾情演绎了《她怎会如此可爱》（*Ain't she Sweet*）这首歌后，父亲告诉现场观众他是来这验证"自己在钢琴课上的投资收效如何"的，着实引得全场哄堂大笑。

如果当时细想一番，我可能会问他说的是哪次钢琴课——因为我从开始学习到中途放弃，前后共有四次这样的钢琴学习经历！

我想这也契合了我希望在此表达的一个核心观点：什么样的职业才是我们的天命所归？这是一个玄妙的话题，很少有人能够不走弯路就找到它，也鲜有人在这个过程中没有怀疑过自己、走错过开局、碰到过危机，或是犯过愚蠢的错误。

回想起来，音乐似乎一直以来就是我的宿命所在，这仿佛是个再清楚不过的事实，因此这就越发令人费解了——为什么我用了那么久的时间才全身心地奔向它？在这一点上，我想我与很多人一样。有时那些就在我们眼前赫然出现的事情，反而最容易被忽视。

我的母亲曾告诉我，在我学会说话之前，我就能在摇摇晃晃迈着步子之时嘴里唱着"一闪一闪亮晶晶"。从很小的时候起，我就能在脑中听出曲调——当然我完全不知道这有任何不寻常之处。难道不是人人都能听得出内心的旋律吗？等我能够碰到钢琴键时，我就知道去重击低音键来模拟打雷，通过轻抚高音键来表达雨声。

四岁那一年，我设计了一场这样的"约会"。我邀请一个名叫戴安娜的小女孩来我家玩，她是最早令我心动的女孩。我从家里的壁炉中钻出来，营造出一种我出现在舞台中的效果，为她献唱了一首保罗·安卡（Paul Anka）的歌："哦，戴安娜，请你留在我身旁！"

之后在我五岁那一年，发生了一件惊天动地的大事：甲壳虫乐队首次登上《埃德·沙利文秀》[①]。我被迷得神魂颠倒，彻底为之折服。与数百万家庭一样，我们巴菲特一家也径直冲到当地的百货商店，买了一张珍贵的黑胶唱片——由 Vee Jay 唱片公司发行的《Introducing the Beatles》专辑。很快，我就可以煞有介事地——不，准确来说是如痴如狂地——对着空气做出假装弹吉他的样子。我会模仿约翰·列侬屈膝的动作，以及保罗·麦卡特尼在唱出他标志性的"耶，耶，耶，耶！"时伸长脖子的样子。我花了少说几十个小时甚至几百小时在家中的西尔斯便携式唱片机上听这一个唱片。有一天，唱片机上的磁针坏了，我用母亲的一根缝衣针把它替换下来，竟然奏效了！这是我首次把音乐与技术相融合的一次尝试！

到了六岁时，我开始学钢琴了。我的钢琴老师就是那种典型的"住在同一条街的老太太"，她也教过我姐姐以及街坊四邻的孩子们。我从她那里学到了最基本的指法与和声，还有简单的和弦与视奏技巧。

我还学到了大调与小调间的不同——大调听起来欢快明朗，而小调则听起来沉郁悲伤。这些最基本的了解让我对如何通过音乐传达情绪有了突破性的领悟，我对音乐的表达张力也有了不一样的认识。大约是在七岁时的某天晚上，我的心情有些低落。于是我走到了钢琴面前。这架钢琴就摆在父亲常常坐在那里读晚报的一张椅子旁边。我并没有用语言来解释自己烦闷的心情，只是

[①] 《埃德·沙利文秀》(The Ed Sullivan Show) 是美国广播史上播出时间最长的综艺节目之一。——译者注

缓缓地用小调在琴键上弹出了一曲《扬基歌》。神奇的是，这首原本激越昂扬的进行曲顿时变成了一首挽歌——家人们一下子就明白了我当时的心情。

* * *

然而，就算我十分喜爱钢琴，就算钢琴已经是我生命中的一个重要部分，两年后我却想要停掉自己的钢琴课。

为什么呢？要回答这个问题，我需要先从儿时的回忆中抽离出来，思考一些更宏观的问题：为什么让年轻人辨认出自己真正喜爱的职业那么难呢？这其中有什么样的阻碍，需要走什么样的必经之路呢？

我想，其中一个艰难之处就在于承认并欣然接受一个职业归宿意味着要为人生的赌注加码。试想一下，大多数人在大部分事情上水平都很一般，这也是所谓"平均"这个概念所依赖的基本事实。这并没有问题。多数学生都成绩平平，多数人的高尔夫球技也非常普通，在任何事情上，多数人都属于那些平凡的大多数。尽管盖瑞森·凯勒（Garrison Keillor）描绘过一个不同的世界[①]，但不可能存在这样一个所有人都高于平均水平的小镇，因为如果是这样，整体平均水平也会提高！

[①] 美国作家、幽默家盖瑞森·凯勒在其作品中讲述过一个叫作"乌比冈湖"（Lake Wobegon）的虚构小镇。乌比冈湖是一个想象的美国中部小镇，镇上"所有的妇女都很强健，所有的男人都很英俊，而且所有的孩子都高于平均水平"。——译者注

在生活中的大部分领域中，能达到平均水平已经非常不错了。实际上，处于平均水平有许多好处。它不会让人产生压力，也会把人的预期保持在可控范围内。

然而对于真正的职业宿命来说，中人之资似乎难承其重。如果你所求的职业归宿是做一名厨师，在厨房中平平无奇的表现显然不够好。没有一名全心扑在教学事业的老师希望自己只能贡献乏善可陈的课堂表现，也没有一名作家希望自己的创作流于平庸。

这也说明了为什么接受一个职业宿命会如此令人恐惧。

如果说在生命中的诸多方面我们都注定平庸，那么就算实际中差一点点又有何妨？但如果我们在用以定义自己、希望证明自己与众不同的事情上落了下风，这个问题就严重了。

这就回到我第一次放弃钢琴课的事情上来了。当时我只有八岁，我也不会假装自己当时会像个成年人一样思考问题。我能够说清楚的理由，不过是觉得这些钢琴课不再有趣了。

但这又是为什么呢？

我想，它们不再有趣是因为课程越来越难了，而课程越来越难是因为这件对我来讲颇有分量的事已经开始进入更深程度的学习阶段了——那是我无比希望能够做好的一件事。在我难免孩子气的理解中，我开始觉得钢琴于我并非儿戏，我与它之间绝不是随随便便的关系。

因此，我对音乐萌生出的热爱既是我快乐的源泉，也让我感到了某种不安、某种隐约的恐惧。

我相信，一定也有很多人在职业宿命出现之初有过欲拒还迎、在进退的边缘来回试探的经历，他们一定也体会过这种复杂的感情。

* * *

生命何其复杂，很多时候，我们心中某些乍一看似乎完全相左的感受到头来反而完全是相通的。所以在此我想提及另一个导致我在八岁那个"成熟"的年纪做出弃课决定的原因，其中颇有些悖论的意味。当时抵触钢琴课，一方面有课程难度增加的原因，另一方面是我不知受了什么蛊惑，对自己产生了一种自信，认为仅凭自己就可以学好音乐。

当我自己可以神奇地用生动、丰富的色彩随手谱写出简单的曲子时，何必要去学习那些别人用黑白两色写就的音乐呢？

如果说这种自信能够让人精神振奋，那么它同时也充满了危险。相信自己或多或少有一些原创性，能够通过某种方式做真正属于自己的音乐不失为一件好事。但彼时我懂的那点东西还远未达到能够让自己创造出成果的地步，而自以为具有那样的实力实则是件自讨苦吃的事。我想，对于那些天资不凡的孩子，那些感受到了最初的创作冲动，却错误地以为自己比老师懂得还多的孩子，应当吸取这样的教训。

最终，我不得不承认，掌握一门手艺并无捷径可走。现实告诉我的是，我仍然需要老师的指导。

* * *

所有伟大的思想与宗教都有尊师重道的传统，有趣的是，其中很多宗教与思想流派都不约而同地秉持着一个共同的理念，即生命中的师者不拘于一种形式。佛教有言：有多少条路，就有多少个向导。基督教教义中并非只有一名福音书编撰者，而是有四名。希伯来教正典中一句最重要的祝祷——一种犹太教祈祷文——最初是用来歌颂一位受人爱戴的老师的，后来逐渐演变为致往生者的通用祷文，这是一种隐喻，暗示着每一个先于我们逝去的人都是我们的老师。

换种方式来说就是生无常师。世间有多少事，就有多少老师。如此说来，这个数量真正是难以计量的。

之所以在说到我的钢琴课时提到这些内容，是因为在我的钢琴学习完结之前，我还有过三位老师（我指的是三位收费教学的老师，如果说把那些曾无意间指点过或影响过我，但对此毫不知情，也没有得到过我感谢的人也包括在内，那就有数十位了吧），他们每一位都在我断断续续的钢琴学习中教给过我一些独一无二的、无法被他人取代的东西。在任何领域中，好老师能够做到的远远不只是传授知识这么简单，他们传授的是他们自身的一部分。因此，每一位老师在技术层面帮助到我的部分，或许远没有他们对事物不同的切入角度所带给我的影响大。

我的第一位老师是按照书本对我进行钢琴教育的。读谱、数节拍、把手指放在该放的琴键上。这些内容谈不上有什么创意，但却是完全合理与必要的，它暗含的一条真理大概放在任何学科上都适用。在你放飞自己的想象力之前，一定要在某些乏味的苦差事上下些功夫，掌握最基础的东西。如果没有枯燥的老手艺为根基，创造力带来的恐怕更多的是一塌糊涂的作品，而非什么传世佳作。

我的第二位钢琴老师是我从五年级起开始师从的一位老师。她采用了一种略微不同的方法，但这种方法至关重要。相比于音符，她更关注音乐的风格。比如说，为什么西蒙和加芬克尔[1]的歌听起来与莫扎特的奏鸣曲如此不同？一个简单的C大调和弦能用多少种方式演绎出来？同样一种乐器是怎么做到既能表现出肖邦的风格，又能表现出杰瑞·李·刘易斯（Jerry Lee Lewis）[2]的特点的？

从这位老师的身上，我学习到了每当我把手指放在琴键上的时候，我就需要做一个选择。不仅仅是弹奏什么音符，而且是如何去演绎它——如何让它听起来符合我所弹奏的曲目特点，以及到最后，如何让它听起来有我的个人风格。

第三位老师延续了这种理念，但实际上是把它提升到了另一个完全不同的境界。对她来说，音符也好，技法规则也罢，这些都不过是最基本的原始素材，就是需要人们去学、去超越的。而所谓音乐风格也不过是一种手段，带我们通往一个更重要的彼岸：自我的表达。

---

[1] 西蒙和加芬克尔（Simon and Garfunkel）是美国一个男生双重唱组合，成员为保罗·西蒙和阿特·加芬克尔。西蒙嗓音松弛自然，加芬克尔音色轻柔，两人的和声柔美、和谐，如诗般梦幻。——编者注
[2] 美国摇滚乐手、作曲家、钢琴家，擅长表现快速的硬摇滚歌曲。——编者注

至此我对钢琴的理解开始变得丰富起来！它令人兴奋，也令人生畏。我该如何去驾驭心中的情感，让它们经由脑中所掌握的知识化成音符从我的指尖流淌出来？这当中牵涉多少的灵魂诘问，要冒多大的风险，又有多少内心的袒露呢？需要有怎样的自知之明，又需要经历多少次自我放弃？如果我触及内心深处，把自己最原始、隐匿最深的个人感受注入音乐，结果却没能得出像样的成果，我又当怎么办？

那时的我还没有做好准备去冒这个险。我对生活以及自己的内心了解得都还不够多。于是我选择更多地投入摄影这种更安全、不那么带有个人技艺色彩的行当。我让音乐与自己之间的纠葛再一次滑向了人生的边缘。

* * *

不过，关于我的事情讲得够多了——至少先到此为止吧！

让我们来更宽泛地聊一聊职业宿命这件事，解决一些根本性的问题。

首先，这些强有力的宿命召唤是从哪里来的？我的答案很简单，但恐怕不会令人满意：没人知道。显而易见的是，如果一个孩子跟随父母的脚步走上了同样的道路，我们很容易认为是遗传基因与/或是深厚的家庭文化起到了决定性的作用。那么那些完全走向了不同方向的年轻人呢？杰出的诗人詹姆斯·梅里尔（James Merrill）碰巧出身于显赫的梅里尔家族——创建了美林公司，你又当如何解释他的职业归宿呢？答案是你解释不了。其实我们无须对其做出解释，反而应当为之欢欣鼓舞，它是一个绝佳的例子，让我们看到了人类本身有多么奇妙与复杂，也看到了生命为我们提供了多么广阔的选择。

我想提出的第二个问题可能更玄妙一些。是不是每一个人都有一个终身的职业使命？

这个问题取决于我们如何定义它。如果说职业使命指的是我们对自己所从事的工作怀有热情，那么坦白来讲答案就是否定的。在理想世界中，每个人都能找到自己最大的快乐，并且这个快乐的所在恰好是人们生计的来源。那就是一个乌托邦！而在现实世界中，实际情况却不总是这样。我们可以奋力拼搏在工作中取得成功，也可以努力把自己培养成工作中的行家里手；但不幸的是，这与把工作视为挚爱且在其中找到真正的自我并不是一回事。

不过我想为职业宿命提出一个更为宽泛的定义——一个有可能适用于我们所有人的定义。我认为职业宿命就是我们所感受到的一种引力，它把我们拖向一个感觉很对的、真正属于我们自己的人生。这样的人生可能会围绕工作或某种职业展开，但也不必一定如此。它带给我们的极致快乐——一种一切都对了的感觉——有可能以任何方式出现在我们所选的道路中。

我想来讲一个一对恋人对待生活的不同方式的故事，它充分说明了人生的可能性何其广阔，而这也正是我想要表达的观点。

在这两人中，一个从小就知道自己命中注定要成为一名作家。他说道："有这种感觉并不一定是因为才华，而是因为人的秉性。我与别的小孩子相处得也不错，但当我真正想要集中精力去做某件事时，我希望身边没有他人。能把一件事情给自己解释清楚、找到事物背后的原因，对我来讲是件非常重要的事。而且我在很小的时候就发现自己纪律性非常好，我指的是需要自律的时候。但如果有人试图告诉我应该去做什么，我往往会变得非常固执、蛮横，表现出一副叛逆的样子。所以在有老板存在的地方我一般很难把事情做好——我想这大概就足以把我排除在百分之九十五的职业选择之外了吧。"

他的最后一句话对于确定我们的职业宿命非常有用：想清楚什么是我们不想做的会大大简化我们的选择！

无论什么情况，这位朋友对于成为一名作家的想法是非常笃定的。他还补充道："我从来没有真正给自己做过别的打算。在我一生中，或许只有过那么两次让我对成为作家有过片刻的动摇。一次是刚上大学的时候。事实上，想靠写作养活自己似乎是件风险很大的事情，所以我觉得应该去做一名医学预科生。但这个想法在我第一次进入生物实验去抽一只青蛙的筋时就作罢了。细节我就不多说了，不过这种场面如此容易令我作呕，因此我意识到自己恐怕不适合当一名医生。第二次现实的考虑发生在大学刚毕业时。那时我找了一份在总统竞选期间担任民意调查员的工作。这份工作实际上非常有意思，它给了我很多机会与各种各样的人交谈。可是我为什么想要跟那么多人聊天呢？因为这能给我提供很多写作的素材，这才是一直以来最为重要的一点。"

因此这位朋友还是决定把未来押在写作上，无论这样做会在经济生活上给自己带来多么大的不确定性。他说道:"我很庆幸在我还年轻、还能从难以避免的挫折中迅速做出调整的时候走上了这条路。我基本没有积蓄,30岁前后还一直过着像学生一样的生活。但我并不介意,因为我一直在做想做的事情。我甚至不确定把它说成是我所做的人生选择是否准确,因为我完全想不出除了写作我还有可能做什么。"

总之,这位朋友所过的生活、所感受到的宿命显然是围绕工作而来的。

相比而言,他的伴侣所遵从的使命召唤几乎不可能与他有更大的差异了——但至少在我看来,这种使命的召唤同样站得住脚。

他的这位伴侣是这么说的:"我从来没有过一种明确的职业身份,也从不想追求这样的身份。我做过很多种工作,也承认赚钱的必要性,但,仅此而已——我只是把它视为一件必须要做的事。它其实谈不上好坏,不过是维持生活的必要手段罢了。"

正如他的伴侣很早就知道自己注定要成为一名作家一样,他也在很小的时候就意识到自己内心绝不是那种想要去追求某种职业的人。他回忆道:"小学老师总会问这样的标准问题:'你们长大后想成为什么样的人?'孩子们可能会说消防员、宇航员、科学家等等。但我的答案是'快乐'。有的小朋友告诉我那不是一种工作,而我记得当时自己心里想着:'是的,它就是!'"

"那个时候,"他接着说道,"我还无法把自己的感受清楚地解释出来,但大致上我总觉得人们做的所有事情——干事业、赚钱、买车、买房——都是为了获得喜乐。既然这样,为什么不直奔主题，单纯地去追求快乐本身呢？"

把快乐作为一种使命的召唤？这样做有什么不可以吗？在我看来，认真、用心地追求快乐，我们需要具备的素质与追求其他任何事物的成功所需的条件并没有什么不同，它们都要求我们有耐性，有自知之明，有能够从逆境中重振精神的力量与坚定。

这两个人对于人生归宿的不同理解都让我想起了一个由来已久的观点之争：存在还是实践？

东方哲学比较推崇"存在"，比如冥想、正念、感知万物、凝神静心，换句话说，它追求的是一种快乐的状态。而西方传统则比较重视"实践"——实现目标、取得成就、出人头地，换句话说，就是实干。

这两种哲学思想哪种"更好""更接近真理""更有意义"呢？这样的争论永不会停歇。但我想说的是：对以某种职业为归宿的人来说，实践即存在；同理，对一个虔诚地以快乐为归宿的人来说，存在也等于实践。在我看来，这两者间的矛盾已然消弭了。

* * *

再回到我与钢琴的问题上来。我与这个职业使命的纠葛进入了另一个阶段。当时我有一个朋友叫拉尔斯，他与我一样对琴键十分着迷。我们开始试着四手联弹，再往后，就开始一起写歌，做一些我们自己的音乐。

音乐还能带给我这样的社交体验，这对我来讲是全新的感受。我一直把钢琴视为一个孤独的避难所，也从未加入过任何乐队，也无意于此。而在这个时刻，钢琴成了这段友谊的核心。其他孩子会一起去打球、钓鱼，或是去林间游玩，拉尔斯与我则在一起玩音乐。

这种感觉真的挺不错的——可是，或许也是在所难免的，它同时在我的前路上竖起了另一道槛。我与拉尔斯明面上并没有相互较量——这也并非音乐的创作之道，可是我很难控制自己不去与他的技法做比较、不去想谁的音乐直觉与天赋更胜一筹。而我内心总觉得，自己是拖了后腿的那一个。

这或许是事实，也可能只是我内心的不安全感在作祟。人性就是这样，我的感觉准不准确其实并不重要，因为事实也好，假象也罢，它都使我的信心受到些许打击，让我不敢把音乐看成生命中的重中之重。如果说我连身边唯一的一位同行都比不过，我又有什么资格梦想着把音乐当成毕生的追求呢？

最后，我到底还是走出了这种左右为难的困境，虽然我事后逐渐明白这种困境完全是种错觉。但我还是用了很多年，经历了很多自我怀疑，体验过一些失败，并在碰到一些幸运的巧合之后才消除了当年的困扰。

其中一个幸运的巧合——如果说它真的是一个巧合，而不是母亲匠心独运的安排的话——就是我读高中的某一天，家中突然出现了一台磁带式录音机。

前文提到过我曾经用一枚缝衣针修好过家里的便携式唱片机。以它为例说明我一直对音乐与技术手段的结合颇有些兴趣似乎有些牵强，但这台录音机把两者的融合提升到了一个全新的高度。在我眼里，它不只是一台机械设备，而且是一个可以实现我无尽愿望的神奇匣子。我自己学会了如何录制一条音轨，然后在其上叠加另一条音轨进行混音；还学会了如何擦除前一条音轨并将其完善。我不仅仅是在学习如何玩音乐，更是在学习如何制作录音带。

请不要误会，这只是非常原始粗陋的东西。就像有的孩子喜欢摆弄化学器具，而我只是在鼓捣一架钢琴与一台录音机而已。不过，尽管我摆弄的结果并没有什么值得称道的地方，但这个过程却是非常重要的。让我花一点时间来对此做个深入的解释吧——我相信它不仅适用于音乐行业，对人在各行各业中追寻属于自己的那一隅也同样重要。

在录音机出现在我的视野中之前，很难说我是否真的明白做一名音乐家有多少种不同的方式。我原以为，音乐家就等同于弹奏钢琴、编写曲谱。但技术手段的入场让我意识到那样的定义太过僵化与局限了。成为一名音乐家意味着我可以做一切有关把玩音乐与旋律的事情，开始可以借助一台录音机，其后可以动用一间工作室。

换言之，做音乐并不是一种单一的技能或意愿表达，而是各种技能与表达方式的综合体。谱写曲子是一种方式，游刃有余地运用电子设备则是另一种方式。而各种方式的结合就会开始产生一种折射与倍增效应，就好像身处一间满是镜子的房间，让"音乐家"这个单一的概念呈现出无数不同的侧面——其中某一面或许恰好是适合我的。也许我也有机会找到一种方式能不仅仅去做音乐，而且是去做我自己的音乐。

这种相互作用又当如何运用于其他领域呢？很多人甚至大多数人一开始都对自己未来要走的路有一种模糊的概念，这种模糊的概念只有在我们找到一种方式将它与自身的某些能力与脾性相结合后，才会成为真正适合我们的职业归宿。正是这样的综合因素构成了我们独一无二的自己，单一的某个特征、某种才能都不足以诠释我们是谁。

比如说某个人最初隐约觉得自己想成为一名医生。但她应该选择做哪种医生呢？如果她的性格是那种"都别来烦我，让我自己做我的化学实验"，大概率上她在医学研究类的岗位上会比在需要接触病人的岗位上能获得更多的快乐、更高的效率，也更加自在。同样地，想成为一名律师，这个选择范围也是非常宽泛的；但如果这种内心的冲动能够与自己的某种兴趣相结合，比如说新闻媒体，那么把精力集中在"第一修正案"[①]相关的问题上就是一条可以走的路。

当然，现实生活中的情况远比我刚才举的例子复杂。并不是只有两种因素决定着我们的偏好，而可能是几十种。有些因素比别的因素更加明显，有些因素则隐匿在我们的意识背后；有些因素相互之间还会出现冲突——比如说，寻求个人满足的冲动与赚很多钱的欲望。

不过我想说的是：无论我们每个人的喜好、才能、性情所交织成的网有多么错综复杂，总有各种因素——至少是某些最重要的

---

① "第一修正案"是有关新闻、出版自由等内容的美国宪法。——译者注

因素——会在某些交汇点重合。我们如果足够有耐心，愿意把思路打开，最好还能再有一点点运气，终将找到通往那个交汇点的路，那正是我们真正的职业宿命所在的地方，等着我们前去认领。

＊　＊　＊

不过，我并不是说钢琴与录音机的同时出现就瞬时给了我信心、让我确切知道了方向。不是这样的，等我开始上大学的时候，我仍然在黑暗中摸索。

但我的思维却以一种奇怪的方式在运转。我们总觉得自己的想法是连贯的、清晰的，可以说我们太看得起自己了，实际往往并不是这样。有时候，思维会跟我们耍花招，以一种狡猾的方式同我们迂回。很多时候，它落后于我们的心。我们的心已经知道的事情，缓慢的思维才准备通过语言与逻辑对它进行解释、证明其合理。

刚进入斯坦福大学的时候，摄影仍然是我主要的创意出口。我选修了有关它的课程，频繁地拍摄照片。我喜欢那种带着相机的感觉。可是与此同时，有一种沮丧感也在悄悄滋长。在拍摄了数千张——也可能是数万张——照片后，我还是无法自信地说出自己拍摄的图片中"艺术性"在哪里。我能看得出这些图片具有成熟的水准，但我说不出它们有什么特别。相机，一个机械设备，横亘在了我和我想表达的内容之间。我看不出这些图片中哪里有我的印记。

回过头来看，我想当时的情况是我的心已经不再眷恋摄影了，但我的理智还没能跟上。事情的诡谲之处就在于此：看起来我似乎一定要经历对摄影的幻想破灭所带来的痛苦，才能去放手拥抱我对音乐的热爱。这种感觉特别像浪漫喜剧中的桥段，一个主人公终于意识到原来自己的真爱并不是那个新近闯入他生活的浮夸女人，而是那个一路走来始终支持他的朋友。对我而言，那个朋友就是钢琴。

如果说我几乎就要到了承认自己内心的召唤、抓住一生使命的程度的话，事实还不尽如此，我与那一刻之间还有些距离。一些顽固的问题仍然存在。其中一个就是信心。我足够出色吗？我会有足够出色的那一天吗？

另一个就是家人的期许，这也是一个复杂又微妙的问题。我的父母一直以来都在鼓励我去追寻自己的快乐，去做任何能够让我内心感到满足的事情。这样的鼓励是发自真心的，可是他们真的是这么想的吗？（解读一下：我真的相信他们是这么想的吗？）父母对于自己的子女将来从事什么一定有他们自己的希望与偏好，这难道不是人之常情？如果我选了一个像音乐一样非主流的、充满不确定性的领域，会不会让他们失望？如果我所选择的领域中有什么样的学历并不重要，进入斯坦福求学这样荣幸的机会是不是就被我"白白浪费"了？

再或者，也许我只是觉得内心有愧，因为愧疚感是自我怀疑所呈现的诸多险恶形态之一？

无论什么原因，我仍需要经历一次洗礼、一个顿悟，让我能够将所有的恐惧与疑虑一扫而尽，让最终的决定看起来不仅是清晰的，而且是必然的。

大学二年级的某天晚上，一位朋友邀我前往他的宿舍去听一位来访的吉他手的演奏。他的弹奏简直妙不可言，而且最为精妙的地方就在于其中的至简之道。他的表演不是为了炫耀，没有躁动浮夸、咄咄逼人的炫技成分，也没有为了表现复杂而刻意采用复杂的表达。它的每一个音符都有它存在的理由，每一个音符都直击灵魂，情真意切。当时我就在想："这才是音乐该有的样子，而且我也能做到！"

我不记得我是怎样离开那间宿舍的。我只记得我回到了家，在一种如痴如狂的状态下开始写歌。我写了两首歌，打开录音机，开始混录额外的部分。我写了又写，听了又听，这里做点增补，那里做点删减，不停地试验与完善。我不想要任何花哨的部分，不允许任何地方经不起推敲。

那天晚上我没怎么睡觉。第二天一早，一个朋友开车来接我去海滩。我带上了那盘录着自己新作的磁带，与朋友一路听着它。

车行至海边时，一种有生以来最奇怪、最有冲击力的感觉将我席卷。我打开车门，却发现自己走不出去。毫不夸张地讲，我完全无法移动。一种一半责任感、一半喜悦感合力拧成的全新力量将我牢牢地钉在了座位上。

我突然意识到，就在那段短短的路途中，就在一辆土棕色的二手本田思域上一个小小的扬声器中，我听到了自己的未来。

第六章

花钱买时间

让我们暂时先回到"特权"这个概念上来——这显然是一件有利有弊的事,既能给人提供机会与舒适的条件,也能让很多人的生命变得复杂,有时甚至会让人生变得贫瘠。

当我们谈及特权的时候,我们首先想说的到底是什么?

很显然,人们所说的特权往往与金钱和优越的物质条件有关。不过我认为特权应当有一个更有内涵的定义,因为在实际中,特权会表现为各种不同的形式。

有一个充满爱与支持的家庭是一种特权,能得到老师与尊长的爱护与关怀亦是如此。教育也是一种特权,我指的不仅是书本知识的学习,而且是最广义的教育范畴;它能够接触并深入具有多元文化背景的广阔世界——能够深化我们的理解能力与共情能力。

那么不同的特权形式之间有什么共通之处呢?

我想其中一点就在于每一种特权形式都应当能够为我们提供

更加丰富的人生选择，而扩大这种选择范围正是特权的重要意义之一。然而，你是否注意到实际情况并非总是这样？

私以为，特权是一把双刃剑。一方面，它为我们的世界打开了充满无数可能性的大门；另一方面，伴随特权而来的往往还有压力——有些是外部压力，有些则是来自内心的压力——这种压力又会严重地制约我们所面对的可能性。

父母的期待就是这样的一种压力；老师与榜样的影响，就算是正面的影响，也属于这样一种压力；同样地，还有所谓的社会潮流——对年度热门职业的追捧。最后，生活在一个充满不确定性的经济时期也会把人们推向那些（看起来）最具稳定性的主流工作岗位，让人们去走多数人所走的路。

出于以上种种原因，特权人士——无论具体是哪种形式的特权——有时候反而会觉得自己的选择范围比大多数人更窄。这非常不幸，甚至有悖常理；但我觉得这是一种无可辩驳的真相。还记得我在斯坦福大学的那位只有做医生与做律师这两个选择的同学吗？

特权就好比一个望远镜。从一端望去，你可以看到一个遥不可及、无边无垠的广袤宇宙；而如果你从另一端看过去，世界在你眼前就缩成了窄窄的一垄地。鉴于我们的生活是由自己来塑造的，因此决定把望远镜转到哪一边完全取决于我们每一个人。

我在此提出这些概念是因为，正如特权既能拓宽也能缩小我们的选择视野，特权与时间之间也存在一种错综复杂甚至自相矛盾的关系。

试想一下：无论是哪种特权，都应当能够让我们享受一种不必匆忙度过人生的奢侈。比较稳定的经济条件应当能减少人们不得不忙着去挣钱的紧迫感。一个能够提供支持的家庭会给予孩子充分的时间让他们去寻找自己的快乐。教育应当让我们在所有未知的事物面前保持谦卑，因此也应当能够让我们有足够的耐心去学习更多。

因此，特权应当能够让我们免于在人生大事面前做出草率的决定，或是让我们不必在某种恐慌的情绪下为了尽快进入下一段人生而跳过成长中的任何阶段。就像选择一样，特权应当给予我们更多的时间，而不是更少。

然而，你如果没有观察过许多特权家庭中年轻人的种种行为，就不会知晓这一点。世上难道还有人拥有比他们更匆忙的人生吗？他们为了能够进入那个"对的"大学迅速读完预科学校，为了给"对的"研究生项目主管老师留下好印象又匆匆上完了大学。他们的暑假都在各种实习中度过，就是为了在履历上留下漂亮的一笔，从而让自己踏上一条进入职场的快车道，顺利进入银行、经纪公司或律师事务所。难怪其中有些人会在 30 岁或 35 岁的时候遭遇人们所说的中年危机；他们从青少年时起就几乎没有停下来喘息的机会。

需要表明的一点是，我说这些话并无品头论足之意，而是一种声援。我理解现实中的巨大压力会迫使人们急于在人生路上一路奔跑。就像许多文章所写的，这一代年轻人是首批经济与职业前景整体不及父母那一辈的人。伴随这种不乐观前景而来的焦虑与沮丧完全可以理解。没有人希望自己成为那个火车出站时被落在站台上的人，也没有人希望自己在资源紧俏起来的时候与锦绣人生失之交臂。

可是，我觉得我们仍然需要问自己几个非常基本的问题：如果一边是积极、务实、跃跃欲试要去抓住时机把握当下的决心，另一边是因为担心自己落后于人，而在不顾及内心的快乐与真正的向往之时匆忙过上半盲目的人生，这两者之间的界限在哪里？在行色匆匆的人生中，哪一刻我们所放弃的东西超过了本可以获得的一切？

* * *

请允许我再简短地重温一段过往的时光吧。

20世纪六七十年代，在我还没有长大成人的时候，人们非常重视"寻找自我"这件事的价值。为此，人们会读《悉达多》[①]与《在路上》[②]，会暂停大学阶段的学习，前往欧洲去进行背包旅行，或是徒步穿越尼泊尔的险峻之地。他们会让自己在大学与研究生学习的间隙，或是在研究生毕业正式进入全日制工作岗位之前休息一段时间。这些举动并不是简单地为了适应生活，而是为了寻找那个恰好适合自己的生活。

[①] 《悉达多》(Siddhartha)是德国诺贝尔文学奖得主赫尔曼·黑塞的著作。20世纪60年代美国掀起过阅读黑塞的热潮。——译者注

[②] 《在路上》(On the Road)是美国"垮掉的一代"作家杰克·凯鲁亚克于1957年创作的小说，被公认为20世纪60年代嬉皮士运动和"垮掉的一代"的经典之作。——译者注

当然，随着时间的推移，"寻找自我"这个理念逐渐从一种追寻变成了一句套话。之后，在许多把"婴儿潮"一代描绘成耽于自省难以自拔的人的恶俗笑话中，"寻找自我"又沦为了一个笑点。不过没关系，或许对自我的追寻被强调得过头了；社会趋势总是这样，就像钟摆会来回摆动一样。

我想表达的意思也恰恰在此：近年来，我觉得钟摆已经在另一个方向上荡得过远了。无论是计算机技术还是经济周期，在一个一切似乎都加快了速度的世界中，自我反思似乎是一种我们承受不起的悠闲与奢侈。落后于人的恐惧像一根挥舞在身后的大棒，令我们不敢给自己留出放慢脚步去思考的时间。

然而人的本性并不会因经济的起落而改变，也不会因为即时通信取代了传统信件而有所变化。就像一首诗中所吟诵的，"惟同大观，万殊一辙"，人生的道理都是相通的。

其中一个道理就是，好的决定需要时间来成全。做决定是一个过程，不是一时兴起，需要人对自己有充分的了解，而自我的认知——无论你喜不喜欢——需要在一定程度上对自己发出心灵的拷问，或者说你可能更喜欢这样的说法：沉溺于极度的自省。而且，它需要我们给自己一些静坐下来的时间（"禅"这个词实际上源于一种叫作"打坐"的冥想行为，它的字面意思就是"坐下来"）。

对于行色匆匆的年轻人来说，静坐下来这种事情似乎与浪费时间没什么两样。对此，我完全能够理解。但我想提出一种不同的方式去看待这件事。停下来凝视自己的内心从来都不是一种时间的浪费，而是一种时间的投资，在我看来，它甚至是一个人所能做出的回报率最高的投资之一。

* * *

我在前文讲过,满 19 岁那年,我继承了一笔家族财产。准确来说,这份礼物来自我的祖父——他卖掉自己的一个农场所获得的收益,后由我的父亲折换成了伯克希尔·哈撒韦公司的股票。收到这笔财产的时候,这些股票大约价值九万美元。我也非常清楚,这将是我能继承的全部财产了。

所以,应该拿这笔钱来做点什么呢?这些钱的使用是没有任何附加条件的,我可以用它做任何事情,决定权完全在我。我要不要买辆豪车,搬到一个海景房中?要不要坐着头等舱周游世界?幸运的是,我并不是这种挥霍无度的人。而且我的另一个优势在于,我看到了哥哥姐姐是如何迅速地花光了这笔钱的,所以并不想重蹈覆辙。

如果走另一种极端,我或许完全不会去动那些股票——只需把它们丢在某个账户中,从此不再过问。如果当时真的这么做了,我的股票价值现在将会高达 7200 万美元。但我没有那么做,我也从未对自己的选择有过一秒钟的后悔。当我这么说的时候,人们一定会觉我要么是在撒谎,要么就是疯了,但碰巧事实就是如此,因为我用自己的这笔备用金所购买的东西,其价值远非金钱所能比拟:我用它买来了时间。

我很幸运,或者说命运就是如此安排的,继承这笔财产的时候恰逢我终于下定决心要去追求自己的音乐人生。我想现在你们已经清楚了，做出这个决定本身对我来说就代表着一个巨大的进步，它说明我已经至少暂时地与自己内心的纠结、不安全感以及对外部期望的担心达成了和解。可是如果说做出这样选择与承诺是成长过程中的必经之路，它还不足以成为开启某个职业通道的基础。我要学的东西仍然有很多。

单纯从音乐这方面来看，我仍然在练习自己的琴技，那时我已经又回到了钢琴课上，那是第四次，也是最后一次。在制作方面，我也在拼尽全力跟上更新迭代速度奇快的录制技术。但无论是琴技，还是我在工作室中日臻成熟的技术能力，都不是我所追求的目的本身。这两种各自独立又相互关联的技能都是一种手段，帮我通往一个更加重要、更难以企及的目标：做出属于我自己的音乐。

父亲与我曾一起探讨过这个问题。《格伦·米勒传》(*The Glenn Miller Story*)是父亲最喜欢的电影之一，其中父亲喜欢的部分之一就是大乐队领队对寻找"那个独特风格"的痴迷。而这正是让格伦·米勒的歌与编曲独树一帜、具有极高辨识度的神秘原因。这种独特性正是许多甚至是所有音乐人梦寐以求的东西——想想鲍勃·迪伦（Bob Dylan）或是艾拉·费兹杰拉（Ella Fitzgerald）——而且，相信我，得到它并不是件容易的事〔就连雷·查尔斯（Ray Charles）[①]，在成为那个大名鼎鼎的雷·查尔

[①] 雷·查尔斯（1930年9月23日—2004年6月10日），出生于美国佐治亚州，美国灵魂音乐家、钢琴演奏家。雷·查尔斯开创了节奏布鲁斯音乐，是第一批被列入摇滚名人堂的人物之一。——译者注

斯之前，在某种程度上也是从模仿耐特·金·科尔（Nat King Cole）[①]的风格开始自己的职业生涯的]。

尽管寻找"那个独特风格"是件大事，可就算有了它，也无法为我的职业选择一锤定音。作为一个成长于美国中西部的务实主义者，手头只有有限的储备金，我深知自己必须找到一种能够将我的音乐创意变成生存手段的方式。但应该从哪儿下手呢？我应该如何去找到自己的听众与客户，应当以何种方式让别人知道我写了什么样的歌、制作了什么样的作品呢？残酷的真相是，在人生的那个阶段，我毫无头绪。但至少有一点逐渐明朗了起来：单凭待在学校里把所有入门级课程以及"某某学"学一遍，是不可能弄明白上述问题的。

于是我决定离开斯坦福大学，用那笔遗产为自己换得一些时间以弄明白自己是否真的可以在音乐上搞出点名堂。

在父亲的帮助下——是的，家里有人擅长管钱这类事情简直太方便了——我制订了一份能够把自己的资金使用得尽可能久的预算。我搬到旧金山，过着非常节俭的生活——一间小公寓，一辆破旧的车。我唯一豪掷千金的地方就是去更新与扩充自己的录音设备。

我弹琴、作曲、尝试电音与混剪。之后我在《旧金山纪事报》上投放了一条分类广告，为所有来到我的公寓也是工作室的人们提供音乐录制服务。

[①] 耐特·金·科尔（1919 年 3 月 17 日—1965 年 2 月 15 日）是一位美国黑人歌手、爵士乐钢琴师。他是美国音乐史上歌声最具独特性的歌手之一。——译者注

之后就是等待。

* * *

我从祖父那里继承来的那笔钱金额相对而言并不算大，但我非常清楚这比大多数年轻人在开始闯荡社会时能够获得的资助要多。拥有这样的一笔钱是一种特权，它是一份礼物，但不是由我挣得的；我承认这一点，并且心存感激。同时我也承认，如果我从第一天起面临的就是不得不赚钱糊口的境况，我就不可能走上那条自己所选择的路，也可能会受困于对音乐的态度——我现在对于音乐的心意是十分确定的，但我很有可能会在一间录音室中先找一份工作。谁知道呢？在那里或许我同样能学到很多，甚至会学到更多；对于音乐在商业上的运作我也可能会懂得更多、更早；我还可能结识更多的圈中人脉，为我在工作中的进步助上一臂之力。在我们没有选择的那条人生路上是否会出现诸多这样的情景，我们永远不得而知。

无论如何，我最后走上的那条路是自己选择的。如前文所述，我很幸运能够买到探索一个职业方向所需要的时间。不过在此我想说的是：有很多拥有类似优遇的人——无论在经济条件、情感支持方面，还是在独一无二的机会或才华方面——却没能充分利用时间这种奢侈品，反而一头冲进那些很难说是否适合他们、是否能给他们带来满足感的工作。人们为什么会这么做呢？

我认为有两个原因。第一个原因是许多人没有搞清楚金钱与时间的相对价值。

试想：任何一个经济学家都会告诉你，无法被取代的事物，其价值远远高于可以被取代的东西。最后其实你会发现，金钱才是唯一一种真正可以被取代的事物。金钱是抽象的，每一美元与任何其他一美元都没有区别。这并不是说赚钱很容易，也不是说缺钱不值得担忧，而且我也并不是在有意淡化艰难的经济环境所催生的焦虑。可是无论我们怎么说，金钱是种可替代品。它是个可能今天有，明天无，再过两天又回到手中的东西。

你还能说出别的什么东西是这样的吗？你无法替换掉一个人或一段经历；无法完美地复制一场落日或一次会心的大笑；更无法追回哪怕一丝丝已经从你身边溜走的光阴；那些被辜负的时光便也就这样永远消逝了。

如此说来，似乎很明显了，相比金钱，时间才是那个更加珍贵的东西。然而人们在生活中却往往本末倒置了，就好像明天或明年再去剖析自己、满足自己完全来得及，但钱必须在今天赚到手；就好像梦想可以先放一放，但薪水等不了。

当然，在许多情况下薪水确实等不了。如果确实到了急需用钱满足人基本需求的地步，那么去赚钱就是对一个人的时间最好的利用。

可是应该如何去定义这样那样的"基本需求"呢？

这个问题直指像时间这样的礼物未能得到善用的第二个核心原因：人们对于自己需要什么有种失真的、夸大的想法，未能将它与想要什么区别开来。

如果把人的需求真正降到最基本的水平，人类所需其实极其有限。梭罗在《瓦尔登湖》中有述，人们会用家具、衣物、装饰品等东西把生活堆得杂乱无章，在看过一份这样的产品名录后，他提出一个观点，即人真正的需求最终都归结为两样东西：食物与温暖。但对梭罗来说，就算是将生活描述成这种极简的状态也还不够精练；他认为食物不过是一种为身体提供"温暖"的手段。这样一来，人的终极需求就只剩下这一种：维持身体的温度！

就我所知，没有多少人愿意像梭罗一样过着苦行僧般的生活，大家也没有必要按照梭罗的字面意思去采纳他的建议。但我想我要表达的观点很明确了：人的绝对需求其实非常少。想象中我们的需求越多，生活就会越复杂。

这些虚幻的需求促使我们总想要得到，而想要得到的冲动决定了我们如何支配自己的时间，从而也限制了我们的自由。当我们以为自己需要得越多时，我们就越不自由。反过来说，我们的自由——对自己时间的掌控——会随着我们认为就算没有也无所谓的事物的增加而增加。

然而不幸的是，做减法似乎是件很多人都不擅长的事。很多人看起来并不愿意去过节俭的生活，而且如果迫不得已过上这样的生活，他们会将其视为一种冒犯，一场强加于身的苦难修行。

可是在我看来，至简的生活并不是一场罪与赎，而是一种积极的磨炼，尤其是当我们还年轻，仍需要像学徒一样在坎坷中学会如何成为主宰自己人生的大师时。身无分文、囊中羞涩是非常适合某种人生阶段的状态。它考验着我们的聪明才智与达观态度，顺理成章地把我们的关注点从"物"上转移到了人与体验上。这不是一种悲剧!

显然并不是所有年轻人都同意这一点。我想,这当中的部分困难在于很多人只是不知道应该如何节俭度日,如何做到因陋就简。这是一种他们从未学习过的人生技能——在这一点上,有一说一,他们的父母与整个社会都难辞其咎。

这就把我们带到一个敏感的话题上来了。我无意对此现象指手画脚或持什么负面态度,但在这几页书中,我必须让自己保持真挚与坦诚。一个明摆着的事实是很多孩子都被宠坏了。许多父母虽有最宽仁、最有爱的初心,却在人生诸事的轻重缓急上给子女灌输了未必正确的思想观念,对子女也心怀不切实际的期望。这也是"金汤匙"变成"金匕首"的症状之一,它对这些子女们将如何定义自己的价值、安排自己的生活以及如何使用自己的时间有着非常实际的影响。

如果一个男孩子在每个圣诞节与生日都能收到排面不小、价格不菲的礼物,他长大成人后很自然地会把这些礼物与其背后的爱和安全感联系在一起(更糟的是,甚至把它们等同于安全感和爱)。很有可能在他成年后不久,他还会不断地从商场中的各种好物中寻求慰藉与安心,而且一旦在自己负担不起这些物件之时会有内心匮乏甚至自惭形秽之感。如果在一个女孩子的成长环境中有温暖向阳的大卧室,有保姆负责打理房间,那么恐怕很难让她理解用有限的预算与其他室友共租一间狭小的公寓有什么样的好处。

上述两个例子中都存在把"需要"与"想要"混淆的情况,

而这种混淆，至少在某种程度上是由父母的慷慨所造成的误导，它会让人对什么算是对生活的合理期待以及什么时候该有这样的期待产生一种失实的概念。

让一个还在学生时期或初入社会的年轻人过一种奢侈的生活既谈不上合理，也算不得"正常"，这个道理应该是显而易见的。这几年正是一个人最急切地想要开始为自己创造生活的时候，是启程踏上人生之旅去为自己建功立业的时候。如果我们期望能够赢得伴随独立而来的自尊，就应该认识到，要想不经历任何一点停滞与波澜就能继续过上父母所提供的殷实生活，这是一种不切实际甚至是自欺欺人的幻想。

在事物的正常发展过程中，回报是逐步获得的。这正是生活中的一些悬念与欢乐所在——我们感觉到自己在不断进步，能力与学识都得到增长，而且取得的进步也获得了相应的犒赏，无论是金钱上的、职业发展上的，还是创造力实现上的。无论我们如何定义它，任何成功都非一朝一夕能实现的。

在我看来，这个过程值得细细体会。匆匆越过这段体验，人失去的将远比得到的多。当然，这一切仍然要归结到这个问题上来：时间与金钱，我们更看重哪一个。我们应该接受一份带有签约奖金与高额起薪的工作，因为我们觉得自己需要从第一天起就过上富足的生活，还是为了从各种选择中探索自己真正想要从事的工作，因此选择一种至简的生活方式？（还是说我们应完全放弃自己的独立，回到冰箱里永远有食物、房间永远有人来打扫的家里？）

我们应该选择那条能够以最快的速度通往牛排与香槟的路，还是先过一段粗茶淡饭的日子，给自己时间去进步与成长？

最起码就我个人而言，我从未见过任何一个人会因为过了一段粗茶淡饭的日子而得到过什么坏处。

* * *

时间还能给我们带来另一个好处：它是运气的媒介。

运气，无论好坏，在每一个人的生活中都会出现——尽管人们总是习惯于认为好运是个人努力的结果，而霉运则是来自外部世界的恶意。或许是这样吧，不过运气总是需要一些时间来找上门的。而且我们如果已经做出一些努力，有备而来，就更有机会认出并抓住好运。就像路易·巴斯德（Louis Pasteur）在谈及自己那些似乎是意外所获的科学发现时所说："机会更青睐那些有准备的人。"

在我的故事中，一个算不上大但对我来说非常重要的好运气出现在1981年的某一天。当时的我正站在旧金山的一条马路边清洗我那辆寒酸的旧车。

彼时我已经独立生活了将近两年时间。那笔储备金在我的精打细算下帮我撑到了能够开始靠音乐赚点钱的时候，不过还没到能让我赖以为生的程度。这些收入非常微薄，零零星星的，完全不稳定。但我已经能做不少这样的工作，赚一些钱，至少在我心里，我觉得自己已经能够被尊称为一个"职业音乐人"了，或者至少也算是一个艰苦奋斗中的音乐人吧。

我能让自己保持忙碌的部分原因在于,我几乎会接任何相关工作,就算有时候是在无偿做。我通过写歌去学习写歌的手法。我会为短片创作音乐,由此探索如何把音乐与画面神奇地匹配在一起,以及如何通过音乐的表达来为一个故事增色。对我来说,这些都是非常令人着迷的挑战,更别提这也是一个初出茅庐的作曲家赖以为生的技能了。

音乐与技术的结合正变得越来越紧密,我在这方面也倾注了很多心血,只要能负担得起,我就会更新自己的录音设备,而且一直在努力跟上不仅是音频技术,还包括视频技术的最新发展动态。我把每一份工作都当成一份大学作业来完成——付出的努力完全对得起能从中学到的东西;如果还有薪水可领,那自然是再好不过了。

接着,就是1981年的那个幸运日了。

由于需要离开琴键稍做休息,我拿起一只桶和一些海绵走出门去,打算把那辆叮当作响的大众"兔子车"清洗一番。那天风和日丽,阳光明媚,是旧金山少有的好天气。人们都走出家门,有的在四处溜达,有的在打理花园,还有人就只是坐在自家的小门廊前。一个与我此前不过是点头之交的邻居碰巧出现了。在我给车擦清洁剂、用水冲洗的时候,他就站在一边,我感觉自己有点像正在粉刷栅栏的汤姆·索亚[①]。

---

① 汤姆·索亚是马克·吐温代表作《汤姆·索亚历险记》的主人公。他聪明又调皮,在被姨妈要求刷栅栏的时候,他哄骗其他小孩说刷栅栏很好玩,从而让其他孩子抢着为他刷栅栏。——编者注

我们闲聊着，在这当口他问我是做什么工作的。得知我是一个有些困窘的作曲家时，他告诉我他的女婿是一名动画制作人，对音乐常有需求，因此建议我去与他的女婿联系。

我照做了，去见了他的女婿及其同事。结果他们真的有工作要交给我做——尽管坦白来讲，这个工作本身听起来多少让人心里有些落差。他们受委托需要为一个全新构思的有线电视频道做一条十秒长的插播广告，即需要迅速闪现公司标识，助其树立品牌印象的一个简短的电视广告。

十秒？除了类似于简单易上口的广告曲片段，你还能给十秒钟的时长写出一段什么样的曲子？

有线电视？说出来恐怕你会觉得奇怪，1981年的时候，有线电视只是一种边缘媒体，还没有得到广泛应用，因此它的未来是完全不确定的。

而且还是一个全新构思的频道，仅此而已吗？谁知道这种频道能不能开播，是否有得见天日的那一天？

当然，我还是接下了这份工作。之后这个有线电视频道不仅是成功开播了这么简单，简直是一炮而红。这个频道叫作"音乐电视网"（MTV）！它一跃成为当时最热门的东西，代表了20世纪80年代最典型的文化现象之一。

一夜之间，许多电视节目开始竞相效仿MTV的形式。广告商想要采用类似MTV的影像效果与音乐来兜售自己的产品。就连电影也深受影响，希望将动感酷炫、电子感十足的现代元素融入其中。自不必多言，从此我再也不必去做任何没有报酬的工作了。

这个故事说明了什么道理？怎么说呢，其实自己动手洗车还是很值得的。如果不是过着那么节俭的生活，我可能会去专业洗车行，这样一来就不会碰到我那位邻居了！

不过，言归正传，我觉得一个更重要的道理还是要回归到我们如何利用时间这个问题上来。

如果我当初急着冲向自己的宿命——就好像命运能被追出来似的——我就不会在有准备的情况下认出并充分把握住自己的那次转机。若没有在零报酬的情况下花费过那数百个小时摆弄我的录制设备，我就不会找到属于自己的音乐风格与制作方式。这一切都需要耐心，而耐心则需要信任，那是一种相信好事会按照自己的节奏自然而然发生的信心。想象自己可以左右这种节奏是一种既傲慢又愚蠢的行为，我能做到的只有做好准备。

那么准确来说，要为什么做好准备呢？我无法预知。但其实这是对想要用好时间的人来说非常有用的另一种态度：谦逊。我必须承认，凭着我有限的理解与经历，我无从知晓接下来会发生什么，或许说得再明确一些，我甚至不知道我希望接下来能发生什么。

既然如此，在我们还不确定自己想要前往何处时就开足马力在人生路上全速前进，究竟有几分道理呢？

第七章　　　　　　　　　　　　　　　　CHAPTER 7

要找寻，也要创造

　　找到真正符合心意的职业归宿是我们在打造自己想要的生活时一个巨大的里程碑。不过这只是第一步。

　　为自己换取时间去探索这份职业意味着什么、需要面对什么样的挑战也是很重要的一个环节。但这也只是第二步。

　　还有一个重要的问题：一旦找到了自己的职业归宿，我们要拿它怎么办？

　　从非常务实的角度来看这个问题的话，我不想再被冠以中西部人的刻板印象，也不想再被人以巴菲特之子的身份来看待。如果我们希望这种命中注定的事业能成为自己赖以为生的手段，而不只是某些兴趣爱好或留待以后去追求的模糊梦想，那么一个简单、严酷的事实就是我们必须找到能够用它来为我们支付账单的方式。

　　这就把我们带到了另一个微妙之处，社会思潮像钟摆一样荡向一边，又荡了回来。我指的是我们应当如何看待"喜欢"做的事与"需要"做的事这两者间的相互关系，更准确地说，是我们所崇尚的事物与外界愿意为我们买单的事物之间有什么样的复杂关系。

20世纪60年代至70年代间，很多年轻人深深地被"出卖"这个概念困扰，对其避之唯恐不及。任何与市场交易沾边的事都有此嫌疑，为大企业或集团公司卖命仿佛更脱不了干系。这种想法就好像如果我们直接找一份工作、满足某个老板的需求，或是去取悦一个客户就一定是对自己不忠。如果说得更严重一点：这么做就是在背叛我们整个这一代人的理想与个性。

事后来看，出现在60年代的极端个人主义以及对其狂热的追求似乎正是对50年代极度统一的社会面貌所做的对抗——那个时代的人们服从组织机构，到处是身着灰色法兰绒西服、毫无灵魂可言的通勤一族。可谁又想要像他们一样呢？

显然，这里的问题在于人们对出卖自己的恐惧超过了合理的限度，同时也忽略了一些最基本的经济事实。即使是在经济环境更好的时候，能靠扎染、卖香炉或是打非洲手鼓维持营生的人也是有限的。

近年来，经济形势更加扑朔迷离。在这样的压力之下，社会风潮的钟摆又一次荡向了另一边。如今，无论是经验丰富的行业老手还是初出茅庐的职场新人，很多人似乎完全不受"出卖自己"这种概念的困扰，反而更容易在是否能将自己"买入"的压力下惶惶不可终日。对于市场交易，他们非但没有顾虑，反而想要热切地拥抱它，不加质疑地去迎合其中的价值观。

可是他们自己的价值观呢？自己的热血呢？对于什么才是美好的生活，他们自己所坚持的信仰呢？

在艰难的时局与看不清未来的年景中，我相信会有人觉得自己的梦想与喜好是一种难以承受的奢侈。最紧要的事莫过于找到一份工作并保住这个饭碗。虽然这样的想法完全可以理解，但我并不认为它是我们获得幸福与自尊的长久之道。

请允许我澄清一点，我并不是在鼓吹要回到"退学潮"与嬉皮士的年代中。我接受甚至非常认同赚钱谋生的必要性。为自己赚一份营生是人生中最能定义自己的挑战之一。

其实，在此我想传达的理念是"平衡"。如果我们希望在忠于本心、实现一生使命的同时还能让自己付得起房租，供得起三餐，我们就需要找到那个能让自己的能力、喜好与这个商业世界相交汇的最佳位置。我们需要弄清楚自己真正喜欢做、同时还能让世人认可其价值并愿意为之买单的事是什么。

多年前，我偶然间读到了作家伯纳德·马拉默德（Bernard Malamud）的一句话，这么多年来这句话一直萦绕在我耳边。马拉默德似乎是那种老天爷赏饭吃的人生宠儿，天资极高，才华横溢。他的作品盛誉满满。他的短篇故事频频登上《时尚先生》《纽约客》等众多久负盛名的杂志。不同于许多"文艺派"的作家，他在商业上同样取得了巨大的成功。他的多部长篇小说登上了畅销书榜单，其中至少有两部小说——《天生好手》（*The Natural*）与《我无罪》（*The Fixer*）——被主流制片公司翻拍成了电影。

在一本短篇小说集的序言中，他说道："没有一名优秀的作家是完全凭自己的喜好来写作的。"

这句话就是这么普通、这么不起眼，以至于我未加留意一眼就扫了过去——直到我细细回味过来才惊觉其中的精妙。

"没有一名优秀的作家是完全凭自己的喜好来写作的。"

请原谅我对这句话刨根问底，因为我认为其中颇有深意。我想，马拉默德真正想说的是，无论一名职业作家天资有多么高，经验有多么丰富，单凭简单地坐在键盘前就能任由文字自由地流淌，这几乎是一种神话。事实不是这样的，这当中还牵涉一个环节：思考。这个过程中既要考虑作者的写作冲动，也要考虑潜在的受众，两者一个是涌动的热血，一个是现实的落点，最终完成的作品便是这两个因素交织的结晶。

请注意，我并没有把它称为一种妥协，因为这不是妥协。

相反，它是对不同技艺的综合运用，其中每一种技艺都是马拉默德的才能中不可或缺的一部分。除了我们认为属于纯粹"创造力"的部分，还需要对市场有准确的理解，懂得用怎样的训练与技法把自己眼中的世界呈现给读者。马拉默德把这种种绝技融会贯通，找到了自己在艺术与商业上的最佳契合点；而且最不可思议的是，做到这一点的同时，他还能一直保持独特的个人风格，让人一眼便知绝非他人。

如果说这种情况只适用于作家，或者说得更宽泛一些，只适用于那些"需要创造力"的职业，这个问题似乎并不值得在此讨论。但我碰巧认为马拉默德的这句话对我们所有人都有借鉴意义，或者准确来说，对任何一个希望能用所热爱的职业来养活自己的人都有意义。

简单来说，这个借鉴意义在于此。当为了报酬做一件事时，不管是写一个故事还是挖一条沟，我们都需要去取悦那个给我们支付酬金的人，但这并不意味着我们所做的工作不属于自己。

这里的悖论在于，无论我们最终的成品是什么，它在多大程度上属于它的买家，就在多大程度上属于我们自己。我们在上面留下了自己的印记，把自己的独特风格带给了它。正因为它是我们所创造的事物之一，它自然也在一定程度上代表了我们是谁。

接受这个悖论——你卖掉了某样东西，但同时你依然拥有它——是成为一名职业人士所需的一种经历，也是我们从寻找幸福无缝过渡到创造幸福的一种方式。

* * *

我是以一个电视广告音乐写手的身份进入职业作曲人圈子的。毫无疑问，广告是一个创意与商业彻底交织在一起的领域。最具开拓精神之一的广告公司本顿与鲍尔斯公司（Benton and Bowles）有一句格言："无法实现销售的创意算不得真正的创意。"这种观点或许会令某些纯粹主义者抓狂，但是，嗨，现实就是如此。

在为广告作曲的过程中，我汲取了很多有益的经验教训，其中大多数都让我明白人要放下身段。最基本的一课莫过于此：我必须认清并接受自己在服务行业工作的事实。我的音乐本身并不是最终目的，而是一个更宏大的概念中的一部分；而这个大概念的目的本就不是成为一件艺术品，而是成为一个产品的销售工具。

要知道，我这么说并无意让谁难堪，也不是在向谁致歉；为广告作曲与生活中的任何其他事一样，既可以完成得非常出色，也可以草草应付了事；而如果完成得好，它同样会彰显一个人的尊严与名望。可话说回来，现实是我就是需要去服务好客户；接受这一点——真正理解这一点——对成为一名职业人以及通过这份职业谋生来说，都是很重要的一个部分。

同理，对我来说，我必须接受的一个事实是，我倾注了心血与灵魂的音乐几乎不可能成为一套商业计划中最重要的部分。到目前为止，最重要的依然是产品。接下来的会是画面——因为电视毕竟主要还是一种视觉媒介。紧接着大概会是某个新颖的概念或一句朗朗上口的广告语。然后才轮到音乐。在最好的情况下，音乐能发挥一种有力的辅助作用，为广告奠定一个基调或表达一种态度；最不济的时候，它不过是一点添头或临时的补救。

然而在此我领悟到的另一件事在我看来同样适用于任何领域中的任何一名职场人士：无论一条音乐有多么重要或多么不重要，我必须对它全力以赴，就好像它是整个过程中最重要的一部分。

这么做的原因有两点。首先是要对得起自己。我在前文提到过，当你为了酬劳而做某件事时，存在一种悖论：你卖掉了它，可它依然是你的一部分。如果我应付了事，如果我让自己相信我的贡献并没有什么要紧，那么我不仅是在亏待客户，也是在做有损于自己的事。我交出去的将不会是我尽力而为的结果，就算除了我没有人会注意到，可这世界总归是因为出现了一些有失水准的东西而有所折损。而那件未曾用心雕琢的作品也将会成为一个人挥散不去的难堪。

坚持把自己的工作当成最重要的事来做的第二个原因更具实际意义：这是成为一名专业人士的最佳途径，或许也是唯一途径。人生就是一所学校，每一份临时活计都是一个学习的机会。摆在我们面前的每一次挑战都为我们提供了一次磨炼技能的机会，也让我们更明白自己想要的是什么。

佛教中有一种意象我觉得与之颇有些关联：磨刀。此处，刀指的是我们每一个人；裹挟着需求与期望的外部世界就是那块磨刀石或砂轮。让我们的刀刃保持锋利的唯一方式就是敢于委身于那块石头的摩擦之下。这需要一定的勇气，因为那块石头是那么巨大，研磨是那么无情；与此同时，还需要心怀敬畏，要明白就算我们自己那点小小的体量早已经被研磨殆尽，砂轮也将旋转不止。要想获得最好的效果、磨出最锋利的刀刃，在刀与轮的碰撞间，需要将被动性与主动性相结合。当不得不把自己置于砂轮的摩擦之下时，我们仍然要守住自己的阵地，有意识地找到最佳切入角度，保留合理的坚度，以便在走出钢铁的嘶鸣与迸射的火花之后——火花就是创造力、是激情、是我们的全情投入——能够成就更好的自己，变得焕然一新。

* * *

可是，在真实的世界中，在我们日复一日的工作中，让火花四溅的摩擦并不是来自哪只砂轮，而是来自我们与他人之间的互动。原因在于，为酬劳而工作必定牵涉人际关系——实际上是一整套复杂的人际关系，比如与老板的、与同事的、与客户的。如何处理这些关系将在很大程度上决定我们在职业上能够获得多大的成功，也决定了当自我需求与职业需求偶然出现冲突时，我们能用多舒服的方式去平衡这两者间的关系。

我想试着通过一个例子来对这种动态关系做出解释。

我其实是一个对自己要求极为严格的人。我极少甚至很难说对自己的任何创作感到过完全的满意。不过在最初编写广告曲的那些年里，有时候我会非常喜爱自己创作出的某段曲调或某种风格，因此带着它去见客户时，我会信心满满地觉得自己已经稳操胜券了。

可有时候，客户并不喜欢我所创作的内容，甚至会非常讨厌它，还有的时候，客户恰恰觉得我自己最喜欢的那个片段是最没用的部分。

那么……在这种情况下，（除了恨得咬牙切齿、气得胃疼）我们当做何反应呢？人类天性使然，很可能普遍会产生一种防御性的冲动，心想："我就知道我是对的！那家伙一定是个彻头彻尾的浑蛋！"

这种反应可以理解，可是它会给你带来什么呢？最直接的结果，它有可能导致你被炒鱿鱼。更重要的是，从长远来看，它剥夺掉的是一个你学习的机会。

或许这位客户并不是个浑蛋；或许他对行业的了解远高于你；或许他有你还无法企及的宽广眼界；或许，如果你真的愿意敞开心扉认真倾听他的意见，而不是认为自己受到了侮辱，急于为自己辩驳，那么这个过程会帮你更好地把握自己的工作。

回过头再来看，在类似这样的情形下，我们需要的是一种平衡能力，很多快乐与自尊的获得都有赖于这样的能力。我们要平衡好自我偏好与工作关系中出现的合理要求。生活是我们自己的，工作是我们自己的，但是我们是谁却在很大程度上是由外界来定义的。如果我们不能坦然、诚恳地听取这个世界给我们的反馈，又如何能够真正了解自己做得怎么样——我们所成就的事可有任何价值？甚至我们是否根本就谈不上有过什么成就？

因此，举例来说，我必须让自己明白，我对于一首歌或一个音乐概念所怀有的热情并不是这件事的全部意义，虽然它是做好这项工作必不可少的一个部分。它也需要得到其他人的喜爱。如果做不到这一点，我就要做好准备去对它进行修改，或者干脆把它丢进抽屉从头来过。

但事实是这样的。我发现，当并不抗拒外界的反馈，或不被沮丧与受伤的情绪左右的时候，我最后拿出来的成品几乎都比最初提供的东西要好。

我也深深地意识到，没有我的客户与同僚们，便不会有那些最终的音乐成品，即使这个过程中充满了波折，我依然欠他们一个大大的感谢。倾听他们的意见——尊重我们的关系——最终让我成就了更好的自己。

* * *

音乐的创作从根本上来说是一项孤独的活动。一段曲调，一段节奏或某种音乐模式神奇地在作曲者的脑中成形，然后自行分解为可以从键盘上弹出来或在五线谱写下来的音符——而且只有从这个时候起，它才能够与人分享。

可是如果说作曲本身是一件需要独处的事，通过作曲来谋生则必然需要多方的协作。这也是另一个悖论、另一个当自我与外界交错时容易造成冲突与挫败的地方。从哪一刻起，一段音乐不再属于我们自己，而是属于了其他人？我当如何去面对这个往往伴随着痛苦的放手过程？弗洛伊德会把这种不愿放手的依恋状态视为婴儿肛门期的一种特征表现。或许是这样吧，也或许不是。但其中的拉扯与较量却是无法否认的。这种矛盾在于：当我创造出某件事物时，我不喜欢其他人随意篡改它；可是一旦我把它卖掉，别人就对其拥有了完全合法的权益。

我们应当如何面对这种矛盾呢？

在我职业生涯的早期，我总是对这种难以避免的场合感到恐惧：我坐在键盘前，客户就站在我身后，目光切切实实越过我的肩膀看下去，时不时要求我"这里再增加点东西"、"那里来点拉丁曲的感觉"，或者直接建议"此处再加点更欢快的节奏怎么样"。

对方的要求像连珠炮一样提出来，还等着实时的效果反馈，在这样的压力下我常会感到一阵阵焦虑，但还要努力克制不让这种情绪表露出来。可是我的嘴巴会变干，我的脑子会突然一片空白，当我低头看着熟悉的键盘时，会有那么一瞬间觉得它遥远得像个陌生人。通常情况下，我最终还是可以做出来一些符合要求的内容的——毕竟，这是我的工作——但这个过程可以说是一种煎熬。

随着时间的推移，这件事变得容易多了。为什么呢？因为我经历了一种简单但是非常彻底的态度转变，这并非我有意识地做了调整，而是经验使然。最初那些年，我在别人的要求下赶工作曲的时候，总会把这个过程视为相互割裂的两个部分。我在按要求出活，他——我的客户——在提各种要求；我在一边负责创作，而他等着品头论足。

可是随着经验的积累与自信的逐步提高，我开始意识到自己看待问题的这种方式既不产生实效，也失之偏颇。就手头的一项工作任务而言，这并不是"我"要怎样、"他"要怎样的问题，而是我们需要一起试着把事情做好的问题。我们是队友，不是对手；我需要尊重他在这个过程中贡献的力量。但是要做到这一点，我需要卸下防备，征服自己内心的不安全感。

我需要明白，当我不再执着于宣示自己对创作的唯一主权、愿意让它成为一项协作性的工作时，我的作品仍然属于我——或许甚至更多地有了我的烙印。

我在此强调这种相互关系与内心的转变，是因为我恰好相信，无论什么工作，在最开始的时候都需要独立完成。就连明显最顺畅的团队配合也同样始于每个人各司其职，把自己的部分做到最好，然后才谈得上与大家联合起来奔赴共同的目标。

你是否完整地看过一部电影结束之后滚动播放的演职人员名单？数百人付出了辛勤的劳动才把一部影片搬上了大银幕；很难想象还能有比它更需要团队深度协作的项目。即便如此，在分头认领各项任务的那个时刻，每一个人都是在独立战斗。每个人都把自己的一部分倾注在了产品中，也都押上了自己的专业能力与荣光。

做电影是这样，在学校、诊所、基金会——任何一个既需要多人各司其职，也需要众人一起配合才能实现饱含所有人热血与渴望的那个共同目标的工作中，道理都是如此。通过合作与团队配合，人们能够成就比个人力量所能完成的更加宏大的事业；而团队协作只有在每一个人把自己独一无二的特点与才华都融入其中时才能达到效果。

每一个人都贡献出了自己的一部分，而这一部分仍然属于他们每一个人。

我想，意识到这一点，才能在寻找自己的幸福与创造自己的幸福之间搭起一座至关重要的桥梁。

寻找自己的幸福本质上来说是一趟自我发现之旅：我们的才华在何处？我们真正在乎的事是什么？什么样的追求才能让我们觉得忠于了自己的内心，拥有本该拥有的人生？

创造自己的幸福是一趟多少有些不同的旅程——一趟超越了

我们自身的旅程。那些我们在自己身上发现的才华与能力，应当如何与外部世界相关联？这个世界从我们这里需要得到些什么？在我们自身所珍视的东西与这个世界对我们的价值认可之间，哪里才是那个最重要的交汇点？

找到这个交汇点是人一生中最大的挑战之一。如果我们有幸找到了，甚至再幸运一些还能以此为生，那么它给予我们的便是在工作中充分实现人生价值的最佳机遇。

第八章

发现的大门

CHAPTER 8

> 天才犯的不是错误。其行差踏错之举皆为有心为之，是其通往新发现的大门。

詹姆斯·乔伊斯（James Joyce）在谈及莎士比亚的时候写下了这句话。或许对天才来说确乎如此，谁知道呢？可我们这些凡夫俗子犯的错误可就多了，而且也非有意为之。我们之所以犯错误，是因为我们是人。

我们犯错误，是因为我们知之甚少，却误以为自己无所不晓。

我们犯错误，有时是因为忽略了某个重要的时刻，有时却因只留意了某个时刻。

我们犯错误，有时是因为操之过急，有时却是因为犹豫不决。有些事我们做得非常愚蠢；也有些事我们却蠢在无动于衷。

我们因为鲁莽犯过错，也因为胆怯犯过错；因为好高骛远犯过错，也因胸无远志犯过错。

当我们让自己做出违背内心价值观的事时，同样也会犯下错误。

错误发生的原因有很多，呈现的形式也各不相同。有一些是小小的过失，会有那么一两个瞬间让我们感到难为情；也有一些是弥天大祸，能让遗恨与悔过在数载甚至数十载的岁月中绵延不绝。但无论是何种原因、何种程度的错误，它们都有一个共同点：它们都是学习的机会。

它们是通往新发现的大门，对天才如此，对我们普通人亦是如此。

在人生浩如烟海的任一问题面前，每当我们给出一个错误的答案时，就至少向正确的答案或者说适合于我们的答案近了一步。当我们因为疏忽大意或缺乏信念辜负了自己时，我们所感受到的痛楚就会成为一种有益的提醒，告诫自己要坚守准则，保持警惕。当我们做了傻事，需要承担傻事的后果时，我们就有了弄清楚问题出在哪里、原因是什么的机会。

总而言之，我们就是在一路搞砸的过程中成长起来的。

我之所以强调这件事，是因为据我观察，很多人似乎非常害怕犯错误，尤其是在艰难的时局或充满不确定性的年景中，仿佛一个错误就会成为让一个人永远抬不起头的耻辱，一个人生履历上令人生畏的"污点"。

但事实并非如此。很少有什么错误是永恒的，大多数错误都可以得到修正，而且没有人们想象中那么困难与夸张。犯错误并不可耻，反而是害怕犯错本身才是件稍显悲哀、目光短浅的事。

如果因为害怕碰到磕绊便束住自己的手脚，我们就只能走在那条最宽的、由绝大多数人走过的路上。我们如果因为搞砸一件事而无法原谅自己，将越来越不愿做任何尝试；如果不去做任何尝试，我们也许永远无法找到自己的热情所在与真正的自我。如果担心自己内心的鼓点会让人误入歧途，我们就只能跟随他人的步伐前行。

可是你知道吗？就算我们尽最大可能走最稳妥的路，还是有可能会犯错误！任谁都是如此。犯错是无可避免的，它就是人生的一部分。

如果说生活的样子全凭自己创造，如果我们希望自己的人生是鲜活而真实的，那么我们必须接受自己一路上总会时不时做错些什么的事实。既然我们无法抹除错误，倒不如去正面拥抱它。当错误发生的时候，承认它，原谅自己，最重要的是要从中吸取教训。

任何错误都不应该被浪费！

* * *

请允许我给大家讲一个有关两兄弟的故事。

这两人在加利福尼亚州长大，家境虽不算富裕，日子过得倒也舒心。他们的父亲是一名工程师，供职于一家与美国国家航空航天局（NASA）有合同关系的私营企业；他们的母亲是一名老师，在他们年幼时中断了自己的职业生涯，后来当起了英语家教，为那些英语是第二语言的学生提供辅导。

不过工程师似乎是比较符合这个家庭的一个职业模板。父亲在同一家公司干了几十年，工作稳定有保障，拥有带薪假期与各种福利。他工作很努力，但多数时候，从他身上似乎看不到伴随许多其他职业而来的压力与不确定性，可以说这是一种福祉。不仅如此，他似乎依然能从这份赖以为生的职业中获得极大的乐趣。每每谈及飞机机翼无与伦比的优雅形态或火箭引擎令人难以置信的强劲推力，他几乎都会表现出一种孩子般的激动与兴奋。

两个儿子似乎都继承了父亲身上的一部分能力。他们俩都非常聪明，数学与理科对他们来说尤其容易。从学习成绩上来看，他们似乎完全适合追随父亲的脚步成为一名工程师。

但总还是缺了点什么。他们所缺的正是热情。对这位父亲来说，当工程师是件令人兴奋、令人满足的事。而对儿子们来说，它不过是一种默认模式，是期待中的选择。它似乎是一个最安全的选项，一条最不容易出错的路。

两兄弟之一的杰夫顺理成章地走上了那条多数人走的路，成了一名电子工程师。当时正是 20 世纪 90 年代，电子工程师的身份在那个时代是个相当不错的敲门砖。他进入了一家软件公司，开始过上了非常不错的生活。他不热爱这份工作，但也不讨厌它。这只是他在做的事而已。没什么问题。

兄弟中的另一人叫丹，他对于这个期望中的选择表现出了抗拒，但他也并不能真正确定自己想从事什么。这种情况给家里人带来了巨大的焦虑，也给他自己造成了诸多困难。他在一件事情上不会坚持很久，主意常常在变。而且，他犯过不少错误。他拿到了工程学学位，却无意于使用它。他动过做厨师的心思，但后来又觉得尽管自己对餐馆的内部运作非常着迷，但让他着迷的却不是食物本身。好了，所以到现在为止，他有一个不愿意用的学位以及一些无意继续的工作经验。错上加错！

后来，千禧年来了，互联网泡沫破裂，杰夫——兄弟俩中更稳妥的那个，失业了。这不是他的错。与许多人一样，他只是被席卷进经济下行的风暴，没有人能够预见这一切，似乎也没有人能控制得了。就算是这样，这一纸解约书依然意味着杰夫所做的许多选择需要被重新审视。

"这是一个很艰难但十分有趣的过程，"谈及此番反思时他如是说，"最开始我觉得我的错误在于自己被解雇了。不过那很正常，不是吗？今天我找到一份工作，明天又丢了它。丢掉这份工作是整件事的错误所在。但后来我意识到，事情完全不是这样的。被解雇不是错误所在，它只不过是为我思考哪里出了问题提供了一次机会。真正的错误在于我在一开始找了这份工作。

"我为什么会接下这份工作？我对它从来就没什么热情。我接下它是因为我以为这是安全的选择。因为它为我省去了需要在其他可能性上费思量的麻烦与焦灼。我错就错在自以为可以避免错误的发生！"

这是一种痛苦的领悟。可话说回来，错误只是暂时的挫折，并非永久的灾难；是方向的修正，而非彻底的溃败。如果说急转直下的经济时期还能带来什么好消息——无论是互联网泡沫的破裂还是近年来的金融危机——那就是艰难的时局会倒逼许多人重新审视自己的过往，找到长远来看更能获得满足的一种人生。

失业之后，杰夫开始有时间思考自己的上一份工作，其中有哪些部分是他喜欢的，哪些是他所厌弃的。他喜欢科技的部分，技术革新所蕴藏的各种可能性会让他从心里感到振奋与欢欣。他不喜欢坐在小隔间里，天天对着各种机器，无法与人打交道。

意识到这些后——这是从之前的"错误"中得到的收获——他重整旗鼓走上了一条全新的人生道路。他申请去法学院就读，后来成了一名专利代理律师。他充分运用了自己的理科背景，与创新服务领域的专业人士紧密合作。这对他来说是一种完美的结合，但是要做到这一点，他首先需要对自己曾经在哪里走过弯路做出清醒与坦诚的分析。

兄弟中的另一人，就是跌跌撞撞从工程专业跳到餐饮行业，之后又从中退出来的那个，他怎么样了呢？他也从那些没能奏效的经历中找到了自己的契合点。

工程学这门课程无法切实满足丹天马行空、自成一体的那一面。进军食品行业也让他看清了自己并没有做一名厨师所需的性情。然而，在餐馆后厨的工作经历让他发现自己竟然会像一名工程师一样思考问题。他发现每一个厨房都像是某种工厂，每一个设备与器具都是生产流程中环环相扣的一个关节。如何才能让这样的工厂更高效地运转？如何才能节省更多的时间与精力？如何能改进安全环境，能在最大程度上保护厨房员工不被烫到手指、不必腰酸背痛？

丹逐渐意识到，自己最初走错的路以及后来辗转流离的际遇反而让他形成了一种不多见、但十分有用的技能组合。他会绘制电气原理图，他了解热学与材料学；关于商用平底锅的重量以及厨房各动线之间至关重要的活动空间，他都有第一手信息。

最后，他成了一名专注于商用厨房设计的工业设计师。跌跌撞撞一路走来，他终是找到了属于自己的那片天地。

* * *

好吧，如果要讲犯错误这件事，似乎必须坦白我自己所犯的一些错误才算公平。好在我有一箩筐这样的故事可讲。

不妨先从一个典型的错误讲起吧。之所以称其典型，是因为在我之前很多人都犯过同样的错误，我听说过，也见到过。（说到这一点，正是因为这同样的错误以各种形式在全球范围内反复出现，以致后来几乎导致了全球金融系统的崩塌！）但回到自己的实际问题中时，我眼见过的前车之鉴、自以为明白的道理似乎都没有起到任何作用。我还是犯下了同样的错误。

这其实指出了很多愚蠢的错误背后存在一些最基本的问题。我们或许以为自己明白错误缘何发生，以为聪慧如自己怎会不知陷阱在哪里。可是不到亲自犯下这些错误之时，我们是不会真正理解的。

本杰明·富兰克林有句非常著名的话："经验是一所昂贵的学校，但对愚蠢的人而言，成长别无他途。"如果真是如此——我又有什么资格质疑本·富兰克林？——那么我们每一个人都算得上这样的愚人。这就是为什么说即使是最明智、最良善的建议，充其量也不过是一条建议而已，它并非一剂万无一失、能防患于未然的良药。

或许是这样吧。我想要在此讲述的就是那个典型的错误——"大房子"。

这就要从20世纪80年代说起了。当时我还在自己的广告曲业务中沉浮，后来逐渐靠着这点手艺过上了不错的日子。我步入了婚姻，与妻子生了一对漂亮的双胞胎女儿。所以当时的我是这样的：一个还算成功的作曲家、一个丈夫、一名父亲，似乎是时候去买一个房子了。碰巧我们当时在旧金山住的那所房子有机会出售，于是我趁机出手买下了它。

至此，一切都还不错。我无须承受太重的经济压力就可以买得起这座房子，它的大小也刚刚好满足我们一家的需要。

而我的下一个举动则让我陷入了麻烦。

为了拓宽自己的音乐视野，我与一家总部位于密尔沃基市、名为 Narada 的唱片公司签约合作。这家公司会帮我推广与发行我自己的音乐 CD。与此同时，我还能扩大自己的制作业务，因为这家唱片公司中的其他艺人也会被推荐来我的音乐工作室进行录制。最后，公司还给我冠上了一个概念模糊，但听起来很响亮的头衔——执行制作人。有这样的机会，加之我的根在中西部地区，对那片土地至今仍有着深深的眷恋，因此这一切很容易说服我搬走，举家迁往密尔沃基市。

然而我的第一单生意却是要卖掉旧金山的房子。在这件事上我非常幸运——或者说当时看来似乎是这样。旧金山湾区当时正赶上了房价大涨的一个经济周期，我在很短的时间内非常轻松地把房子卖了一个好价钱，从这笔交易中赚到了非常可观的一笔钱。

如果说这称得上是一件好事，那么它同样也称得上是一个陷阱。它让我在其后犯的一系列小错误最终汇集成了一个重大失误。

错误一：由于我人生中第一次买房与卖房都取得了极大的成功，我便认为："咳，这很容易嘛！"

错误二：人性中有这样的一面，当我们以为自己足够聪明的时候，事实上我们只是足够幸运，而我未能幸免地让自己产生了一种虚荣的想法："嗯，说不定我对房地产这种事情还是有些天赋的……"

这样的错误延续到了我在密尔沃基市的房产交易中。与旧金山湾区相比，密尔沃基这座城市的一切似乎都便宜到令人难以置信的地步，于是我想："为什么不趁现在大大地投资一笔，等威斯康星州像旧金山一样等来房价的繁荣期时再一把把它卖掉套现呢？"

回过头来看，我当时就好像是给自己一个人吹起了一个房地产泡泡。我认为房价只可能上涨；我认为那笔积极的甚至可以说是鲁莽的投资完全没有失败的可能。

于是我买了一座巨大的房子，就在密歇根湖湖畔。这座房子大约有我在旧金山那处居所的 5 倍之大。里面有足够的空间来为我设一间工作室，还有空余的房间用于接待来访的艺人。这座房子完全超出了我能承受的价格范围——或者说一个本应适合我的价位；屋子的维护保养费惊人，而且是一笔源源不断的开支。但，管它呢。反正房产一定会升值，而且我的职业发展显然也在一路高歌猛进不是吗？

然而，这套看上去合理的想法中其实充满了误判。

为什么我没能意识到这次搬迁会给我的业务带来一些小小的难题？作曲依然是我赖以为生的手段，而且正如我所说，也是它让我在服务行业中有了一席之地。为了服务好我在旧金山的客户，我不得不更加卖力地工作、更频繁地往返于两地。即使是这样，有一些客户还是不可避免地流失了。

谈到我设在家中的那间华丽的工作室，我最初的想法是 Narada 公司中其他艺术家有可能会想来这里录制音乐，由此也能支付一些费用。可如果他们不愿意来呢？

还有那个所谓执行制作人的身份。这个头衔听上去很带劲，但一旦进入现实环境，我会意识到自己在内心深处依然是一名自由职业者。我不喜欢坐在办公桌前处理别人的事端，也不喜欢总有需要去答复的问题。

最不能容忍的是，我发现这个房子的开销远远超过了我的承受范围。我让自己背负了比从前任何时候都大的工作压力，而我真正想做的工作不是比以前更多，反而是更少了。

我为什么要这样对自己？这一切都是怎么发生的？

我相信，答案与人们犯下许多重大错误时的原因和过程都是相似的。

从根本上来说，我想我在买大房子这件事上犯下错误的原因在于我把"理由"与"借口"混为了一谈。

在通往这个结局的每一步中，我都可以论证一番买这么大一个房子的合理性在哪里。比如，我在旧金山的交易中赚到了钱，密尔沃基市的房价处于相对低位，诸如此类。

但这些论断没有一个是为买这个大房子所做的事前分析。相反，它们都是我在事后为自己任意妄为的做法所找的理由。因为我基于的都是这样一些简单的事实：我真心希望搬回中西部地区，我深深爱上了一处迷人的房产，以及在那个人生阶段中，我只是单纯地想要一个大房子。

这些东西为什么对我来说很重要呢？原因非常复杂，也很难说清楚，而且直到现在我也没有搞清楚。或许就是一些很普通的原因吧。或许，我鬼迷心窍地把拥有一座大房子看成了彻底通往成年的一条必经之路；也或许，还是鬼使神差地，我需要一种看得见的东西来证明自己在事业上获得的成功。

无论真正的动机是什么，我想，最要紧的原因大致在此：我欺骗自己，告诉自己所做的一切完全出于理性，可实际上我只是被与理性背道而驰的欲望与压力驱遣了。

这也是很多重大的错误会发生的原因。

* * *

买这座大房子是不是个幼稚的错误？是的。是可以避免的吗？或许吧。多年后回想起它，我还会觉得难为情吗？可以肯定地说，并没有。

绕了一大圈，我们又回到了本章开篇提到的那一系列观点。错误是在所难免的，所以我们不妨接受它、原谅自己、继续我们的人生。我们的错误虽然可能给我们带来麻烦，也可能会让我们付出时间与金钱的代价，但是，如果这些是我们听从自己的内心所导致的，那么我们就不必为之感到惭愧。每一个在跌跌撞撞中所犯的错都是一个学习的机会，是我们在那条曾经路过、现在踩在脚下以及希望一路走下去的蜿蜒大道上留下的方位标记。

如果我们因为害怕落于人后或担心再难从歧途中回归，我们就不敢再去大胆地试错，也就失去了学习的机会。更有甚者，当我们犯下错误却拒绝承认的时候，无论是出于固执、慌乱，还是因为根本未曾意识到，我们便会错过远离错误、向着更好的方向前进的机会。

我们会错过成就一个更好的自己的机会。

当我试图用简单的语言去表达生命中的某些真相与基本事实时，似乎总会碰到一些悖论。比如：我们既是、也不是昨天的那个自己。

当然，我们是谁固然有不变的一面。正是因此，我们每天早上在镜中才能认出自己的模样，才能想起那些令人捧腹大笑的事情,才能在感情中保持忠贞不渝。

可是同样真实的是,我们也在不断地改变、成长与进步。每一天,我们都比过去多了解了一点这个世界,多了一些想法与感情。我们所犯过的错以及这些错误促使我们修正过的人生道路,都是我们在进步的过程中必不可少的一个部分。所以如果我们希望对眼下的自己感到满意,就要坦然接受过去的自己——那个犯下愚蠢错误的自己!

举例来说,回想我在大房子上栽的跟头时,我承认自己的决策有问题,我对一个豪华居所的强烈渴望偏离了我内心更认同的价值观。我不否认这种失误,但我看待这件事几乎就像是在看另一个人——一个更年轻的朋友——所做的傻事。我非但没有为自己的幼稚感到尴尬,反而为自己从中汲取的教训与自此以后的经历感到满足。

我并不是在假装自己已经有了不会犯错的本事。该我犯的错误恐怕还是躲不掉,其中一些错误在未来的某个时刻来看,想必仍然会像我今天看待自己当初买那所大房子一般有种匪夷所思的感觉。我知道未来还会有很多这种时刻,当我回望过往时恨不得问自己:"彼得,你当时到底是怎么想的?"

直面这个问题有时候会让人觉得有点羞愤难当,但试着真心诚意地去回答它往往是件值得去做的事情。

第九章

许愿需谨慎

CHAPTER 9

因为……万一实现了呢?

中国老话中有"一语成谶"之说。这句古语在我看来充分体现了一种智慧的最精深之处,它直击人性的核心,因此似乎在任何文化和时代背景下都适用。

希腊神话中有一个叫米达斯(Midas)的国王。他对黄金十分着迷,希望拥有的黄金多多益善;事实上,他的愿望是能够把一切都变成黄金。这个轻率又危险的愿望后来以某种形式实现了,那就是著名的"点石成金"。在最初那段时间,这个国王对于自己新获得的神技与无尽的财富感到无比快乐,直到他触碰到了心爱的女儿,瞬时把一个有爱、会笑的人变成了一具再无生气的黄金雕像。

几百年过去了,米达斯的故事听上去依然具有现实意义,也依然会给人的心灵以重击。为什么呢?我想有两个原因。首先,它完美地诠释了人生之中那些令人深省甚至有时颇有些可悲的讽刺之处。梦寐以求的馈赠变成了可怕的负担；幻想成为现实的同时，也成了一场灾难。可是要知道，这种残酷的人生讽刺不是降临在米达斯身上的，而是由他自己一手造成的。故事要讲述的是人性，而非天怒。米达斯身上的讽刺是由内因所致——什么是想象中能够令自己快乐的事，什么又是人生中真正重要的事——他把这两者搞混了。

米达斯的故事跨越几个世纪仍然能够触动我们的第二个原因是，对于富裕家庭中父母所面临的某种危险来说，这是一种痛苦的隐喻，非常容易让人产生共鸣。父母如果把对财富的追求置于一切之上，会给孩子带来什么样的影响？从某种比喻义上来说，这些孩子是不是也被变成了黄金雕像？

这个问题留待日后作答，我们现在先来看看其他愿望成真的例子以及愿望实现后那些始料未及的结局。

我认识一个朋友，他多年以来一直在为一份精美考究的国家级杂志担任编辑。总体来说他在自己的职业生涯中过得快乐自在。初入职时他还是一名助理，在接听电话、冲咖啡的同时学习一些业务上的基础知识。此后20年的时间里，他的职位一路提升。他的升职并不是一步到位的，而是随着他专业能力的不断提升、同事们升到了更高职位，经过稳扎稳打，慢慢实现的。最后，他做到了执行主编的职位，是刊头上排名第二的人物。

这对他来讲是一份完美的工作，事实也是如此。作为一名执行主编，他可以自由地选择撰稿人与内容选题，也有时间亲自操刀对文章进行编辑、组织与优化。这些对他来说都是手到擒来的事，同样重要甚至更重要的是，这些都是他喜欢做的工作。

而主编这个职务对人的禀性要求是有点不一样的，负责的工作与执行主编也有所区别。主编要对预算负责，需要应付母公司的政治事务。他代表着一本杂志的公众形象，需要把大量的时间花在宾客宴请以及正式场合的出席上。与大多数杂志一样，主编只有极少的时间甚至完全没有时间真正参与编辑工作本身。

"我喜欢做公司的二把手，"这位朋友如是说，"我喜欢拿着一份手稿安安静静地坐在办公室。我喜欢与西装革履的人之间有层隔绝的感觉。"

可是后来，主编决定退休了，而这位此前一直自得其乐的公司二把手却开始希望能够坐上这头把交椅。这是为何？

"如果升任主编，薪资水平会有质的上涨，"他说道，"但这还不是主要原因，更多的是因为自尊。我也想要看到自己的名字终于能够以更大的字号出现在刊首。同时，我也担心如果得不到这个职位，自己会有什么样的感受。大概会觉得这是一种耻辱吧。如果被提拔的人不是我而是别人，我就会成为众人眼中的笑话——至少在这个圈子里会颜面尽失。"

这些感受大概都是可以理解的，只可惜，它们与一名杂志主编每日所要面对的现实几乎没有什么关系。于是我的这位朋友将自己置于了有悖常理但完全符合人性的境地，对某些实际上不会让自己开心的事心生渴望。

最终，他的愿望还是实现了。他得到了那份工作，加了薪，坐进了高管办公室，同时得到的还有满腹的苦恼与无数个难眠的

127　第九章　许愿需谨慎

夜晚。在令人崩溃与压力倍增的两年之后，他辞职了。

这个故事本该有更好的结局吗？理论上是的。这位朋友本可以让自己退出主编职位的角逐，明确告知大家留在公司二把手的职位上是他的选择。但实际中又有多少人真的能做到这一点呢？

还是像前文所说的，把真正想要的事与自以为想要的事混为一谈似乎是人性中根深蒂固的一面。加之还存在一种社会压力，让我们觉得有些事应该成为我们想要的东西——比如加薪、升职、社会认可——这样一来，按照自己的喜好而不是有时会误导人的愿望去做决定就成了一件极具挑战的事。

社会总是怂恿我们去摘取桂冠，不管我们是否真想要那个愚蠢的东西！能够抵挡这种诱惑与压力的人少之又少。

不知有多少人还记得路易斯·莱夫科维茨（Louis Lefkowitz）这个名字。在 20 世纪 60 到 70 年代的十多年间，他一直担任纽约州检察长。此人的品行无可挑剔，无论该州处在民主党还是共和党治下，他的工作都同样出色。他在政府部门任职的整个期间，似乎没有人与他为敌，也没有人对他恶意诋毁。当尼尔森·洛克菲勒（Nelson Rockefeller）在办公室去世之时，有人想要提拔莱夫科维茨担任副州长，于是让他为参与该州州长的竞选做准备。所有人似乎都认为他会在竞选中取得压倒性的胜利。

然而，莱夫科维茨谢绝了这次提拔。他已经找到了最适合自己的工作，而且也切实乐在其中。对于竞选州长的想法，他只是耸耸肩对媒体说："为什么要做一份不是自己真正想要的工作？为什么要选择不开心呢？"

这样的坦然与智慧在人们看来是如此不同寻常、令人精神一振，连《纽约时报》都把他的这句话引用为当天的头条，作为专题报道放在了报纸首页的顶端。

可是说真的，为什么莱夫科维茨的态度会显得如此难得？我们每一个人都在不同的情形下面临过是否要向上爬的选择，大多数人似乎都会选择继续追寻下一个愿望。

然而或许那些更快乐的人——那些与自己的生活步调最一致的人——是那些能够认识到自己的愿望已经实现，愿意珍惜与享受当下的人。

* * *

愿望的危险之处有很多种表现形式。

其中一个在于"许下愿望"有时会被人误以为是"做好了准备"。毕竟认真地渴求些什么需要人给予大量的精力与高度的关注。因此，如果有人会错误地以为祈祷某件事发生就相当于事情发生时自己已经做好了应对的准备，便也不足为奇了。

可这是两件完全不同的事！

双手合十不同于厉兵秣马，翘首企盼也不代表万事俱备。这么说并非妄言，因为我职业生涯中所犯的最大错误之一就是由这两个概念的混淆所致。

在此我来补充一些故事的背景。我在前文提到过，离开旧金山搬到密尔沃基的一部分原因在于我希望能去拓宽自己的音乐视野。当时我仍然很喜欢为广告作曲——当然也很喜欢为此得到酬劳。但我开始不满足于这种音乐形式的限制，毕竟我的一些音乐想法需要不止三十秒来表达！而且随着年龄的增长，随着被这个职业圈子接纳的新鲜感逐渐褪去，我开始被一个问题困扰：我的音乐到底为什么而来？它的存在难道仅仅是为了帮助销售一个产品吗？难道我的音乐不能服务于更高的目标吗？在我迄今为止所经历的一切之外，在更高的层面上，它是否也该有存在的意义与价值？

在这样的疑惑和我与日俱增的不安下，一个愿望诞生了：我希望得到一个为电影作曲的机会。

我想，这个愿望虽然不是完全没有根基，但也算得上有些冒昧了。通过广告曲的编写，我已经掌握了一种将音乐与画面进行匹配的手艺；在极其有限的发挥空间内，我已经可以用音乐来推进叙事了。我承认，从三十秒的广告到两小时长的故事片，这样的跳跃不可谓不大，但这没关系，因为纵身跃入未知的领域正是我苦苦期盼的事。

那么显然，唯一的问题只剩下如何才能让这个梦想实现。

传统观念认为，无论你有多大的能力，你如果想从事电影行业的工作，就有必要搬到洛杉矶，那里才是你建立人脉关系、达成业务往来的地方。你如果想成功打入娱乐圈，就需要花时间与人见面、参加派对，需要四处结交关系，寒暄攀谈套近乎。你不可能从两个时区之外的边远地带瞬间出现在人们面前。

可是我从父亲那里学到过一课——与其说那是有意识的一

种学习，倒不如说是我与父亲脾性上的相近。父亲创立伯克希尔·哈撒韦公司之初，纽约是金融世界绝对的中心，考虑到如今相对而言有些去中心化的金融系统，纽约当日的核心地位甚至比今日更甚。所以，如果说你想从事"华尔街"的工作，你就得去华尔街，这没得商量。

我父亲却不这么看。他本能地抓住了群体思维中所蕴含的危险之处。当太多人在同一个地方追逐同一件事情时，似乎不可避免地会导致逻辑的混乱和从众心理的出现。术语的堆砌取代了真实的想法；搞清楚谁是谁似乎比搞清楚什么是什么还重要。老话曾说，优秀的人终归会出类拔萃，就像奶油自然会从牛奶中分离浮上来一样，而现实中大多数人会被混为一谈恐怕也是事实。于是我的父亲留在了奥马哈市，依靠自己的想法与方法，按照自己的方式做事。

也是在类似的心理下，我决定跳过洛杉矶这一步，直接搬到密尔沃基。我希望能去发展我自己的音乐风格、打造自己的品牌。如果我像其他人一样追在同样的工作后面，用当月最流行的风格去作曲，或是去模仿近期最成功的原声音乐，我又怎么可能达成自己的目标？

这并不是说我完全不去理会电影行业运作的具体细节。我带着中西部地区人特有的辛勤与踏实的态度，用尽全力去研究其中的关窍，试图找到突破口。

我了解到的其中一件事是，在几乎所有的电影项目中，音乐是最后添加的部分。画面先进行拍摄，影片再进行剪辑，之后才会配上音乐。话虽如此，对导演来说，对最终配乐需要达到的效果至少有一个初步想法也是非常有用的，因此电影剪辑师常常在剪辑影片的时候使用一些"临时音乐"。他们会找来某个比较接近需求的录音带，如果导演喜欢这段音乐的感觉，那么这段音乐的录制人基本会成为内定之人，拿下为这部电影配乐的工作。

那时候，我的首要工作是录制与发行一张CD。幸运的是，当时新世纪音乐正在迅速风靡起来。从广义上来说，我所创作的音乐风格正属于这一类。我的首张专辑《等待》(*The Waiting*)，由Narada唱片公司于1987年发行。我可以很自豪地说这张专辑反响非常好，至少可以说在市场上取得了不错的成绩。但我也只能希望这张专辑能够有幸传到电影剪辑师与影片制作人的耳朵里。

命运弄人，《等待》确乎成了这张专辑最完美的名称。我发布了它，然后开始等待。之后又苦等了很久。我必须说，这个过程是那么漫长。

与此同时，我开始考虑第二张专辑。万事都是相对的，制作第一张专辑相比而言容易多了。过去多年来被我塞在抽屉中的各种小片段以及手边所有可以用来进一步发掘与扩展的曲调和主题都被我物尽其用了。而第二张专辑就需要全新的灵感了。可是在艰难又消沉的那几个月中，我不知道该去哪里寻找这样的灵感。

后来一位很亲近的朋友送给我一本书，是伊文·S.康奈尔（Evan S. Connell）所著的《晨星之子》，我彻底被它迷住了。故事包括了美国大平原印第安人在19世纪晚期的大部分历史。它讲述了印第安人常年被迫踏上征途的故事，讲述了意图不计代价扩张版图的政府所背弃的承诺以及对这些印第安人所犯下的丑恶暴行。这本书读来，既令我震动，也让我愤怒。我甚至还很意外地体会到了一种令人不安的失落感。被迫流离失所、失去了自己古老文化的不只是美洲的这些原住民。当原住民的传统被践踏，古老的智慧被贬低、被遗散之时，我们每一个人都在某种程度上遭受了损失。

《晨星之子》在我身上所激起的强烈反应自然而然地与我的工作交织在了一起。我觉得我不是在创作一种美洲原住民音乐，而是在用我自己的方式去理解与纪念某种传统、去对一种几乎被摧毁殆尽的生活方式表达敬意与缅怀。这些感受构成了我第二张专辑的主要部分。1989 年，这张名为《一个接一个》（*One by One*）的专辑问世了。

这张专辑发行后不久——距离我第一次产生想为电影作曲的念头已有 4 年之久——我听说了凯文·科斯特纳（Kevin Costner）要制作一部以 19 世纪平原印第安人为题材的影片。这如果不是天意还能是什么？如果当初就算是奔着为电影试音的目的去创作，其内容也不可能比这张专辑中的内容更贴合主题了。

通过我在斯坦福大学时期一个关系平平的朋友，我得以把自己的录音带交到了凯文·科斯特纳的手中。凯文非常喜欢它，并请我来为这部影片配乐。就这样，我多年来梦寐以求的愿望即将实现了。

能实现吗？

似乎还有一个小问题：我实际上并不知道该如何给一部电影

配乐！

回头来看，这才是一个真正的麻烦，而事实也是如此。不必假装谦虚，从某种程度上来说，我在想方设法进入电影行业这件事上还是动了些脑子的。然而我却有本事让自己完全忽视了从事这项工作所需的最基本要求。我沉溺在自己的愿望中，心猿意马地做着白日梦（公平一点来讲，我忙着做了很多其他项目），却没能真正在这项技能上下过苦功。不知在什么时候，我落入了一个陷阱，想象着单纯靠希望就能让自己做好抓住机遇的准备，或者在关键时刻会有某个完美的贵人神奇地现身指点迷津，再或者制片公司的负责人会慧眼识珠，将我这块璞玉视为至宝。

新鲜吗？这一切都没有发生。

虽为时已晚，我还是开始奋力弥补。我请教了一些在管弦乐编曲方面经验更丰富的同行，学习了制片技术相关的速成课程。但在内心深处，我知道自己准备并不充分，而这种自信的欠缺也显露了出来。在不知不觉中，我给人传达出来的信号是：这家伙还没有做好准备。

如果是在其他情况下，我或许还会试着去说服制片公司，告诉他们我学东西很快，值得试一试。但当时还存在其他复杂的因素。事情一向会这样，难道不是吗？凯文·科斯特纳虽然是一名成绩斐然的演员，但当导演还是第一次，这对于他本就是件令人紧张的事。此为其一。其二，他筹备中的这部电影《与狼共舞》，时长较长，投资巨大，而且完全打破了常规形式，这也是件令人紧张的事。显然，一个名不见经传的作曲家无疑是个令人无法再额外承受的紧张因素。

于是我丢掉了这份工作，但我汲取了一个教训。事实上，是两个。

首先是有关所谓好运的意义。我受到大平原印第安人的启发录制了一张专辑；凯文·科斯特纳那部有关大平原印第安人的电影需要配套的音乐。还有什么是能比这样的际遇更幸运的事？

然而好运气与直通车之间存在着巨大的差异。好运气从不意味着一件事会突然变得容易。相反，伴随它而来的往往是一个让人去接受挑战、面对困难的机会。但你需要充分做好抓住这个机会的准备，由此证明自己配得上这样的好运。

这就要提到我所说的另一个教训了，当然，这个教训是关于什么叫有备而来的。我能为《与狼共舞》创作出说得过去的配乐吗？我真心相信我可以。但这个过程中将会出现大量现学现卖的情形，这对我来说不够完美。我想，"能应付得来"与"有备而来"之间还是存在着细微差别的。

有意义的准备意味着我们需要提前做大量的工作，去直面有可能出现的困难，充分考虑各种潜在的问题。这种事前的思考会让人获得清晰的思路，而清晰的思路才能让我们向自己以及潜在的雇主证明我们完全能够胜任手头的工作。这种程度的准备才能为我们赢得真正的自信。

虽然我与完整地为《与狼共舞》配乐的机会失之交臂，但也并非一无所获。科斯特纳最后请我为一小段名为"火舞"的片段作曲。这个片段虽然只有两分钟长，但我真诚地认为是一次非常有趣的节奏练习，而且更重要的是，它也是一种主题性音乐的创作挑战。在这两分钟内，我需要尽力去捕捉与浓缩故事的精华，把一个男人在我们眼前与耳畔变身时的神秘与刺激传达出来。再配上强大的视觉效果以及科斯特纳几乎推向顶峰的神秘感，这一幕，成了。

对我来说，能为"火舞"作曲不只是一个"安慰奖"那么简单。那是一个机会，能够让我展示自己实际上有能力为电影创作出符合要求的配乐。相比于为整个电影的配乐承担责任，就我当时对这项业务的了解程度而言，为其中的一部分作曲或许才是最适合我的。所以从这个意义上来说，我实现了为电影作曲的愿望，这个故事也算有一个美好的结局。

即便如此，我还是在有关"火舞"的事上犯了一些错误。这些错误之所以出现，是因为我缺乏面对行业现实的经验，对所需的技能要求也缺乏足够的认识。

让不看好这部影片的人感到意外的是，《与狼共舞》获得了影评人与普通观众的双重好评。接下来发行电影原声专辑也成为顺理成章的一件事。然而担纲影片配乐主作曲家的约翰·巴里却不想把我的那段音乐收录其中。在他看来，这是他的原声专辑。就这么简单。而我或多或少接受了这样的安排。

回过头来看，这是一个重大的失误。扯着嗓子嚷嚷或是火冒三丈地跺脚并不是我的行事作风，但通过专业的途径与完全合乎情理的方式去争取自己的利益却是应该的，而我在这件事上却没能这么做。这当中存在着真切的利益：能让更多人接触到我的音乐。但一个残酷的现实是，有时候就连同事之间也会有地盘之争，而我对这样的现实缺乏心理准备。我自以为不去争取加入原声录音带会表现得自己高风亮节，而实际上我却放弃了作为一名职业作曲家的权益。相比充分挖掘自己作品的价值，如何去避免冲突反倒成了我更在意的事。

我在"火舞"上犯的另一个错误与业务上的摩擦没有太大关系，而是与一个人的技能要求有关。

由于我的那段作品没能收录在《与狼共舞》的原声录音带中，我得以协商将这支作品放入我的第三张专辑《遗失的边境》（*Lost Frontier*）。这样也不错。一些器乐类的音乐电台在播放我的音乐；科斯特纳那部大获成功的影片也把具有原住民影响力的音乐带给了更多的听众。但"火舞"这支曲子有一个最根本的问题：它只有两分钟长，而两分钟长的音乐很少有机会被电台播放。

我本可以把它扩编成一个 3~4 分钟长的曲子，可是我没有这么做。为什么呢？我可以摆出最纯粹的姿态称这就该是支两分钟的作品，不能是三分钟，没什么可商量的。但这种艺术上的固执对你没有什么好处，有时还会成为掩饰自己水平有限的一张面具。我没有将"火舞"扩写成更适合电台播放格式的版本，最真实的原因是我当时并不知道要如何去做。我只是假装视而不见。

同理，这件事还是体现出了"有能力做"与"准备好做"的区别。我如果真的对"火舞"的创作机会做好了准备，就应该能预见到它有可能获得的成功以及这种成功会意味着什么。我本该想到这支曲子有可能需要进行扩编，或是改编成别的形式。我也本该做好准备让它发挥出更大的价值，而不是像实际中一样。只是我最初的愿望不过是让自己的音乐出现在故事片中，除此之外，我并无它想。

这就不得不提到愿望中所蕴藏的另一层危险。

我想，人们惯常会把愿望的实现视为功德圆满，是给一件事画上了句号。可是把它视为某件事的开端岂不是更有道理？看看一个愿望能将我们带往何方才是真正令人兴奋与满足的事。

* * *

在结束有关愿望以及愿望中的危险这个话题前，让我们把整个情况颠倒过来，从相反的角度来看看这个问题：如果愿望没有实现会是什么样呢？

生活或许不够公平，但到头来你会惊奇地发现，生活往往是对称的，而这里恰好有这样一个例子。试想：正如一个愿望的实现有时反而会成为一种诅咒——就好比米达斯的故事，未能实现的愿望有时也会成为一种隐秘的祝福。

这两种情况背后的道理是一样的：混淆了我们自以为想要的事物与我们真正想要的事物。当一个愿望被拒绝时——我们未能获得自以为想要的东西——我们不得不放眼远方，更加认真、深入地思考我们真正想要的到底是什么，能真正给我们带来快乐的又是什么。有些时候，没能实现的那个愿望反而是一种解脱。

我来举一个例子。

我认识一个来自律师世家的年轻姑娘。她学习非常认真，也非常专注，在本科期间取得了不俗的成绩，之后便被美国东海岸的一家顶尖法学院录取了。为了充分利用暑假的时间，她提出申请，想去纽约一家比较大的律师事务所实习。

她有充分的理由相信这是一种很好的快速开启职业生涯的方式。她的姐姐走的也是相同的路线，一路从无偿的实习生做到了带薪实习，之后获得了助理的职位，显然也在奔着合伙人的目标而去。所以在第一个暑期获得实习的机会完全是一个合情合理的愿望。

但她的愿望落空了。这不是她的错。她的学习成绩与履历同她的姐姐一样优秀。我也毫不怀疑她在面试中有出色的表现。但这个世界变了。商业发展速度变慢了，律师事务所也在收缩。由于没有那么多业务可做，也就没有太多对实习生的需求，因此也没有过去那么多的助理职位可以拿出来当作最后的嘉奖。人生就是这样，没有公平可言。

心愿没能实现，这样的失望令这个年轻的姑娘陷入了沮丧、愤怒，甚至在一小段时间内她感到无比迷茫。这都可以理解。毕竟，一个希望的破灭就是一次小型的心死。它需要人能够学会放手，可如果不经历一段时间的痛苦与过渡，放手又谈何容易。

然而，暑假该如何度过这个问题还没有解决，而她也没有那样的奢侈去蹉跎这大把的时光。后来，她在长岛一家大型的非营利性环保组织找了一份薪水平平的实习工作。

"我去的时候内心愤愤不平，"她承认道，"我觉得自己选择了退而求其次，在一个完全无法与自己的梦想相提并论的地方栖身。办公室中的工作都是那一套，而我消极的态度使得一切看上去更加索然无味。我内心抗拒，不愿意去发现其中的乐趣。"

之后，事情发生了变化。这位年轻的姑娘随同一位职位更高的同事去参与野外实地工作，前往这家组织想要保护的各种湿地、松林荒原以及其他环境极其脆弱的地方进行勘察。

"这种感觉太棒了，"她回忆道，"我在那里穿着满是泥污的靴子，别提有多开心了。我觉得自己浑身充满了力量，对一切都感到好奇，就像一只刚从笼子里放出来的猴子。同时我也开始严肃地思考：当我可以穿着卡其短裤行走在野外的阳光下时，我是否还愿意身着西装、丝袜坐在人造光源下，在一家律所中度过自己的整个职业生涯？"

那么这位年轻的姑娘做出了什么样的决定呢？故事还在发展中。她按计划去法学院上学了，但她决定把重心放在环境相关的领域，而非企业相关的事物上。她说以后她或许会去做执业律师，去为那些对户外实地作业有要求的非营利性组织服务；或者，她也有可能彻底放弃法律专业，转而去学习自然科学的某个分支学科。拭目以待吧！

无论她最后的选择是什么，我想表达的意思在于：正是最初愿望的破灭让她改变了人生轨迹——去重新审视自己的想法、发现更符合自己本心的生活方式。如果最初的愿望得以实现，她又怎么可能脱离那个自以为想要的生活轨迹呢？

心愿会让我们向着梦寐以求的终点前进，会把我们的注意力集中在某个特定的目标上。这并没有什么问题。心怀梦想并为之努力也是人获得自尊与快乐的一大源泉。

但心愿也有其危险之处。一个明确的目标也如同障目的一叶，让我们看不到那广阔天地间还有浩如烟海的人生选择会出现在每一个想象能够到达的地方。当目标未能达成时——心愿未能实现——我们便不得不揉揉自己的眼睛，望向一个更加广阔的世界。

第十章　　　　　　　　　　CHAPTER 10

所谓"成功"

要说我们所生活的社会是一个言必称"成功"的社会,这种说法恐怕并不为过。

我们为了成功奋力拼搏,心怀飞黄腾达的梦想,读着兜售成功秘方的书籍。我们称颂、膜拜别人的成功,甚至有时会因此不悦。也有某些时刻,我们明里暗里难掩内心的妒忌与不忿。我们似乎相信成功必然意味着快乐与满足,否则人生中将只有沮丧与苦闷。

然而问题是,尽管我们对"成功"如此着迷,我们真的清楚自己所谓的成功是什么吗?

在我看来,成功的定义应该与一个人所取得的实质性结果有关。他们实际上是在努力达成些什么?她是在帮助别人吗?他把自己独特的潜力充分发挥出来了吗?她的生活与工作是否充满了激情与创意?他的追求是否存在最根本的价值?

可悲的是,在我印象中,这些实质与当下人们对成功所持的概念几乎没有关系。人们的关注点并不是某个企业或某种职业本身，而是这样的企业或职业能给人带来的回报。通常，这种回报是用金钱来衡量的。

换句话来说，相比于过程，我们似乎更关注最终的回报；而这种重心的偏移却将"成功"在真正意义上的整个概念贬低了。事实上，"成功"这个词在很多情况下已经成了"高收入"的代名词。

试想一下，在很多社会场合中，把某个人称为"赚好多钱的外科医生"或"出手阔绰的企业高管"会被视为非常粗鲁的行为。可是通常当人们说某人"非常成功"时，难道想说的不正是这层意思吗？

不过，我绝不是想说赚钱有什么问题。这不是我想表达的意思。我想说的是，金钱应当被视为成功的一种衍生品、一种附带结果，而不是用来衡量成功本身的标准。

真正的成功是自内而外的。它由我们是谁、我们做了什么而决定。它源于我们自身的能力所绽放出的神秘力量，源于我们的热情、勤勉与投入。真正的成功是我们默默为自己赢得的，它的价值由我们自己来决定。

外部世界可以用金钱来奖赏我们，但它无法用这种更深层次、更具有个人意义的成功来为我们添彩。

再者，外部世界也无法将我们从内心最深处赢得的东西夺走。而这一点具有极大的实际意义。

最近几年，任何明眼人都应该能看得出来，说我们的经济环境风云难料一点也不为过。这个月被捧上神坛的职业下个月就会被弃如敝屣；上一年还拿奖金拿到手软的投资银行家，一夜之间就成了失业人员；人们眼中走在人生快车道上的企业高管某一天也会发现自己的公司已然破产歇业。

这些人当日在顺风顺水的时候所享受的"成功"，如今怎么样了呢？当滚滚的金钱阀门被关上之时，他们的成功就即刻消失了吗？如果说成功这么容易被抹杀，那么它当初又能有多稳固呢？会不会从一开始，这种成功就一直是镜花水月呢？

如果说我们在此谈的仅仅是金钱，那么这些问题都无关紧要。可事实上我们所谈的是那些与我们对成功的定义关系更为密切、意义更加重大的东西——比如自尊、自信以及淡然的心境。

如果一个人的自尊与其收入水平成正比，那么当她的工资缩水甚至没有薪水可领的时候，她又当如何看待自己呢？

如果一个人的自信源于下一次加薪或升职，那么这个过程受阻之时，他会作何感想？

对我们任何一个人来说，为什么不只要让一个变幻莫测、无法掌控的外部世界来告诉我们自己的收入水平是什么样，还要让它来定义我们真正的价值？

我想，我们要把握的一条底线在于，盲目地把金钱视为成功的依据，这个立场太过危险。且不提我们从思想上与精神上也同样需要找到能够对成功及其意义提出更有力、更个性化的定义，单纯从谨慎的角度来讲，我们都应该避免用他人支付我们的酬劳来衡量自己的价值。

让银行账单来告诉我们自己的生活过得怎么样,这是一种既懒惰又危险的做法。

* * *

好的,既然被动接受一个基于金钱的成功定义会将我们引入各种各样的危险与死巷,那么我们应当如何来定义成功呢?

我不认为存在这样一个万能的答案——而重点恰恰在于此。

对成功来说,一个有意义、有共鸣的定义一定是因人而异的。我无法定义你的成功由什么构成,更不用说替你决定了;你也无法定义什么对我来说才算成功。对于什么能让自己获得满足,我们每个人内心都有一个自己的版本与努力的方向。

与此同时,我们以定义成功为名所做的事——那些让我们更深刻地认识自己、了解自己真正价值的事——也成了我们成功的一部分。

让我来通过一个例子做个更清楚的说明吧。

我有一位朋友,人很好,是一位优秀的音乐家。他把金钱与身外之物看得很淡——这是件好事,因为他靠音乐只能零星赚些微薄的收入。他完全将自己置身于远离经济主流的地方,甚至有些时候他只能蜗居在自己的车中。客气点来说,大多数人都不会羡慕这样的生活状态,而且这位朋友确实也有需要自己去面对的困难与挫败。可是,他依然觉得自己的人生非常成功,而且我碰巧也完全认同他对自己的看法。他过的是一个完全适合自己的生活，是一个他为自己选择的生活。

找到这种生活——创造这样的生活——并不容易。要做到这一点，他需要去对抗自己内心的挣扎与不安全感；他需要与别人对他的期待达成和解，也需要接受拒绝满足这样的期待自己需要付出的现实代价与情绪代价。

他的母亲是一名钢琴老师，他在很小的时候也展露出了很高的音乐潜质。而他父亲是一个对孩子充满关爱但又非常务实的人，他希望自己的儿子长大之后能当一名医生。这位父亲工作非常努力，以孩子的教育与未来为名做出了很多牺牲。我的这位朋友把父母的付出与愿望都放在了心上，因此年轻的他决定去读医学预科，把对音乐的热爱放到了一边。

他回忆道："上大学的时候，我能感受到父亲和我之间的爱与尊重。他在我身上看到无数的可能性。他希望我能够获得成功与快乐。所以就读医学预科的时候，我并没有想过'爸爸，我学这个是为了你'。我真的以为走医学这条路是我自己的意愿。我告诉自己我会沿着这条路走下去，无论这个选择的结局如何，我都会去做。"

然而到了大学三年级的时候，显然出现了一个问题。这位朋友对医学的兴趣在逐渐消退，而音乐对他的召唤却一日胜过一日。当他与父亲提及这个话题时，一段对话让两个人都陷入了痛苦与困惑。"倒也不是说父亲要用与我断绝关系来威胁我，"他说道，"可是很显然，如果我放弃学医，我们的关系一定会发生变化，遭到破坏。我也不必再想还能像之前一样拥有父亲在经济上与感情上给予的支持。那样我就真的只能靠自己了。怎么选择都在于我。"

于是他开始了一段漫长又复杂的内心挣扎——我相信这样的挣扎是子女选择走一条不同于父母期望中的路时惯常会发生的事。又在更长的一段时期内，他用尽全力去实现父亲的愿望，跟上了医学预科班的课程，毕业时拿到了生物化学学位。毕竟，他想做一个好儿子。而且，追求父亲在他身上寄托的梦想，事实上为他省去了追求自己的理想所需要面对的焦虑感。他自己真的知道要如何用音乐来谋生吗？他做好成为一名专业演奏家的准备了吗？他是否足够优秀了？这辈子还有可能变得足够优秀吗？

跟着父亲的愿望走可以让他不必去回答这些极其令人生畏的问题。有时候，相比于无力实现自己心目中的理想人生，接受其他人对成功的定义可能是件更容易的事。

然而，人生总有各种办法来宣誓自己的存在感——很多时候都不是用直接的方式。在某个时刻，或许是在无意间，这位朋友发现自己一直在努力清除阻碍自己成为一名医生的障碍。他只在最挑剔的医学院选择最难的项目。他在自己的研究与项目申请上付出了巨大的努力——但与此同时，他却在抗拒着这些努力会带他前往的方向。他的内心深处有一个轻柔又坚定的声音——苏格拉底口中的"恶魔"、他自己口中的命运——一直在告诉他应该走一条不同的路。

最终，避无可避地，我的朋友放弃了从医，将生活的重心放在了音乐上。他的母亲依旧支持他。可令人遗憾的是，他与父亲之间还是出现了裂痕——那不是惊风怒涛般的决裂，而是彼此间透着歉疚与失望的疏离。

"我不得不接受并承认这个现实，"我的朋友如是说，"然后放过自己。在悠长的岁月中，我试着去从中寻找积极的一面。父亲对我的那些期望最初是从何而来的呢？它们来自父亲的爱，来自他对我的信念，他相信我一定有能力为这个世界做些什么。既然如此，我虽然没有走父亲为我选择的路，但我依然可以通过在自己选择的道路上有所成就，向父亲证明他对我的信念没有错。"

这个故事有个非常令人意外，但又令人欣慰的结局。

不久前，也就是这位朋友艰难地做出放弃从医这个决定的三十年之后，他做了一场音乐演出。之后有一名观众联系到了他。这位观众是一名执业医师，他告诉我的朋友这场音乐会有多么令他振奋。他说我的朋友治愈了他。

"虽然那只是寥寥数语，"我的朋友说道，"可是终于有人将父亲对我的期望与我为自己所做的选择统一在了一起。这是怎样的一种释然啊！"

* * *

我想简单讲一件发生在我自己身上的事，作为这个故事的终章，因为我也亲身体验过简单的几句话蕴含着多么大的释怀力量。

在我二十多岁，已经决定听从音乐对我的召唤但还没能靠它赚几两纹银的时候，有一天我回到奥马哈看望父母。与父亲聊天的时候，我试着去解释自己的理想、目标以及为此有什么样的计划。实际在某种程度上，我是在借机说给自己听，也是在希望父亲能像一面矫正镜一样，把我那些零零碎碎的想法整理起来，为我映照出一个清晰的画面。

父亲做事一贯如此。他不做任何评判，不给任何明确的建议，只是仔细地听着。有一天，他在走向门口的时候顺便对我说："彼得，你知道吗，其实咱们做的都是一样的事。音乐是你的画布，伯克希尔是我的画布，我每天都会在上面添上几笔。"

这就是他对我说的全部的话——而这已然足够了。

那是我当日所需的认可，直至今日我依然珍藏于心。我的父亲，一个成功至此的人，会把他所从事的伟业与我所做的事相比。而且不只是相比较，从某种意义上来说，父亲把这两件事等同了起来——当然，我指的不是它们在经济上的潜力或对广大世界的影响力，而是它们的存在从根本上来说对于个人的意义。

我们不必用同样的方式来定义成功，不必采用同样的"记分"标准。重要的不是最后会得到什么样的净回报，而是我们都有过共同的经历，都在各自热爱的事物上一路追寻。

让我们心照不宣的是，我们都在为自己选择的人生竭尽全力。父亲在这一点上的认可对我来说是一份巨大的礼物。

* * *

我想，前面几个故事透露出了一个关于如何定义成功的悖论：我们对于成功的衡量标准有自己的选择与定义，而这种定义才是最能体现人的真实想法、最不易改变的。但这样的选择与定义并非存在于真空中。就算是我们最个人化的选择与价值观也会在某种程度上受到外部世界的影响。

家人的期望显然就是这样的影响之一。这是无法避免的，但也合情合理。毕竟，父母的人生阅历远比子女丰富。他们希望儿女拥有人生中最好的一切，而他们对于所谓"最好的一切"包括些什么有他们自己的看法。子女们有时候会欣然接受父母对于成功的定义，有时则不然。

但我想说的是：张家的儿子可能很顺从，也可能很叛逆；李家的女儿可能会追随父母的梦想，也可能掉头奔向自己选择的另一个方向。无论是哪种情况，他们所做的选择与家人的期望都不无关系。一定是这样的，因为这是人性。就算，甚至尤其是当我们决定无视家人的期待时，我们也不得不承认这些期待的力量切实存在，而且名正言顺。

与家人的期望一样，同行压力与社会风潮也是影响因素之一。只不过就成功的评判标准而言，社会风潮总有些难测，就好比衣服下摆的长度、西服翻领的宽度，其潮流标准总在变化一般。

没有哪一种成功的标准能够纵横古今、跨越四海，被所有人都奉为至宝。在伯里克利时代的雅典，成功意味着人们得享闲情逸致，能够出门寻访圣贤，与哲人交流思想。在奉行某些戒律清规的修行之人眼里，成功意味着放下身外之物与心中欲求，达到超然于物质世界的境界：清风两袖，无欲无求。成功有时意味着猪羊满圈，有时意味着子孙满堂。有的时候，人们对"荣耀"的尊崇远胜过财富——虽然对"荣耀"的定义是仁者见仁；而换一个地方，换一个时期，财富又会成为高于一切的追求。

成功的定义五花八门，足见"成功"实际上是一类非常特别的名词！试想一下，我们对很多事物都有一致的认识，比如什么是一把椅子。对于你所说的"树"、"书"或"方向盘"，大多数人都会在脑中呈现出一个真切的形象，它们的存在不取决于我们怎么想。那么"成功"呢，它也能以这样的方式存在吗？

从根本上来说，我们决定把什么称作成功，成功就是什么。

如果说这种说法有循环论证之嫌，我想它同时也应该能让人感到释怀。有些东西只在人们一致认同的时候才会存在，可为什么要为这种甚至本不存在的东西所累，更别提它从来就没有停止过变化？

* * *

话虽如此，人总是会被其身处的时代与社会影响，同理，你也无法否认社会风潮的力量。与对待家人的期望一样，对于一个时代中最主流的成功版本，我们既可以选择接受它，也可以选择对抗它。但我们无法做到的是去假装它不存在，或假装它并没有在某种程度上影响过我们的抉择。

认同一个主流的成功版本是件相对容易的事。但这并不是说获得这样的成功会很轻松，从来就不是这样。但是，把某些符合时代潮流的成功标准作为人生目标还是比较简单的。它不需要很强的创新能力或是自我的灵魂拷问，只需跟着金钱的流向，遵循多数人一致推崇的成功标准，按照众人认定的轻重缓急做事。

与之相反，追求一种不同于潮流、只属于自己的成功版本则需要做大量的思考，非有坚毅的品格而不可为。无论主流的成功版本是什么，这一点都不会错。好比说如果回到1969年，一个年轻人需要有多么大的勇气与丰富的想象力才能说出"你知道吗，我真的想做一个股票经纪人！"这句话？

显然近几十年来，我们对成功的定义似乎变得越来越狭隘地与金钱关联在一起了，简单又纯粹。相比于赚钱能力，其他一切事物的价值似乎都在消退。

这一趋势在20世纪80年代开始兴起，这十年中，商学院的入学申请人数达到了历史新高，《时代》杂志将"雅皮士"[①]的崛起作为了封面报道。不久前，我从一个朋友那里听到过一件令人大跌眼镜的小事，而这件事准确地解释了那个时代人们普遍秉持的观念。

他回忆道："我去参加了一个聚会，其间活动的主办人将我介绍给了他的一位女性朋友。这位女士问我是做什么工作

---

① 指西方国家中年轻能干、有上进心的一类人，他们一般受过高等教育，具有较高的知识水平和技能。——编者注

的——在那个时代,这也是人们相互了解时通常会问的第一个问题。我告诉她我是一名作家。她上下打量了我一番——从脚到头,然后只简短地问了一句话:'成功吗?'

"这个鲁钝又无礼的问题深深击中了我,一时间,我竟然说不出话来。这个人对我所从事的具体工作没有一点兴趣。我写过什么书?为什么而写?我写的东西有趣吗?悲惨吗?无论我写的是几行打油诗,还是关于人生意义的鸿篇巨制,对她来说没有任何区别。她唯一感兴趣的只是我有没有在赚大钱。最后我勉强吐出几个字,'还行吧',然后离开她走向了吧台。"

如果说这种令人一门心思关注在金钱上的偏狭所导致的结果不过是宴会上几句粗俗的话,我想这也算不上什么大问题,然而事实上,用一个人的工作回报、而非工作内容来定义成功会产生一系列实实在在的严重后果。

或许最严重的后果在于此:我们在某段时期对成功的定义会把人们逐步引导到某些特定的职业中——实际上也将人们带离了其他职业。如果金钱是我们区别"赢家"与"输家"的唯一标准,那么人们一窝蜂涌去的方向将是金钱所在的地方。

或者说,是看起来金钱所在的地方。

然而,这一点会导致一个严重的实际问题。20世纪80年代最热门的职业是管理咨询。很多人追着这座"圣杯"而去。不必惊讶,很快市场上的管理顾问便过剩了。后来的热门职业变成了律师,直到律师岗位也人满为患。再到近年来,时代的浪潮又转向了投资银行业,我们也已经看到了对这一行的痴迷给我们带来了什么。可问题在于，就算我们追随的彩虹只有"美元绿"这一种颜色，也无法保证终点会埋着一坛金子。

这只是在以金钱为核心的成功定义下我们所面临的经济风险。那么情感上、精神上以及社会上的风险呢？

那些由于不大可能给人带来财富，因而未能得到响应的使命召唤呢？

那些在人们眼中极有可能会对赚钱造成干扰，因而未被满足的好奇与没能实现的创意呢？

还有那些建立在内容而非回报上的职业呢？

教师就是一个绝佳的例子，没有比它更重要的职业了。没有哪个职业能触及更多人的生命，也没有哪个职业在改变个人或群体的未来上会有更大的影响力。不仅如此，教师必须把全部的自己投入这项工作——包括心灵与思想，包括纯粹身体上的精力与头脑中的专业知识。

从内容上来说，当老师是项巨大的工程；可从金钱的回报上来说，教师却是个收效甚微的职业。这就意味着，当金钱成为我们的最高追求时，会有很多才华横溢的人甚至不会考虑把教师作为自己的职业。

道理显而易见，如果一个有可能成为好老师的人决定不去当老师，这在任何时候对孩子来说都是一个损失。不仅如此，这件事还有另一面：对于那个放弃了讲台，选择了其他更高薪的职业的人来说，他遭受的潜在损失恐怕更大。

为了更高的薪水，他错过了怎样的满足感？为了一份签约金，她用什么样的个人成长作为交换？到最后，到底是服务于某个公司还是帮助孩子们增长知识更能让他们感到开心？

还是前文所说的，选择一个不符合时代潮流的成功版本需要胆魄与想象力，需要一种定力，为自己决定什么才是真正重要的东西。有的职业更容易让我们获得经济上的富足，也有些职业更容易充实我们的精神。要想让后者这样的职业也能变得红红火火，我们需要用一种无法用金钱来衡量的尊崇与地位来滋养它们。我们要提醒自己它们本就具有无可估量的价值。

幸运的是，至少还有一些人正在从事这样的职业。其中一个人叫泰勒·马里（Taylor Mali）。他是一名诗人，把提升教学事业的尊严当成自己的使命。不久前我读到了一首他的诗。诗中他讲述了一个由不同行业的人前来参加的晚宴。席间人们的话题不可避免地转到了收入水平上，其中一个律师问及这位老师能赚多少。马里非常聪明地反转了这个问题，这一点在这段节选中得到了充分的证明。

> 你问我能做到何种程度？
>
> 我能让孩子们敏而好学，以他们自己都未料及的程度……
>
> 我能让家长们看到孩子是谁，而非能成为谁……
>
> 我能让孩子们兴致盎然，
>
> 能让他们勤学好问，
>
> 能让他们明辨是非，

能让他们以诚致歉。

我能让他们写山、写海、写天地，

也能让他们读经、读史、读人生。

想知道我能做到什么程度？

我能让人逆天改命！而你当如何？

多年前，我在一本关于佛教禅宗的书中看到一句话，至今仍常怀于心，因为它像是一种神秘又隐晦的旨意，在微言之中透着大义：开启珍宝的钥匙才是至宝本身。

我在这里提到它是因为我认为它同样适用于我们所说的成功。

试想：似乎我们总习惯于把"成功"想象为它字面意思上所指代的东西——比如说，一个装满了金币与珠宝的海盗宝箱，或是任何我们认为有价值的事物。可是如果根本无法打开它，这个宝箱又有什么意义呢？

或者说，如果我们手中的钥匙与我们希望打开的那个宝箱并不匹配，我们又当如何打开它呢？

我想，这就是所谓"开启珍宝的钥匙才是至宝本身"的意义所在。世间有千千万万的珍宝等着我们去求取，但只有每个人手中的那把钥匙才决定着哪件宝贝属于自己。

而我们每个人所拥有的那把神秘的钥匙是由什么做成的？它是由每个人的才能、喜好与热情交织而成的独特混合体。那些珍宝可以由这把钥匙打开，而我们也能通过那把钥匙为自己定义一个成功的版本。

  人生是由我们自己塑造的。要想取得成功，一部分因素在于我们要能冲破迷雾，弄清楚自己想要的成功是什么模样的。没有人能告诉我们应当如何去衡量与描述它，也没有人能判断我们是否达成了自己的目标。

  这个世界可以把奖赏抛到我们面前，也可以让我们求而不得。怎么做是这个世界的事。但这个世界无法对我们想做的事有什么样的根本价值与合理性做出评判，而这是我们自己的事。我们为自己所定义的成功就是那个无法被玷污或夺走的珍宝。

第十一章

CHAPTER 11

富贵中的险境

我一直深信，人与人之间的相似之处多于差别。

人们出生在不同的地方，有着不同的肤色，遇到的实际境况也不尽相同，但在这些机缘巧合之外，人们心中的希望与恐惧，需求与渴望却是相通的。我们都能体会到爱情与友谊带来的喜悦，对于争执与失去所带来的痛苦也都不陌生。对于什么是有趣的、什么是悲伤的，多数人也有相同的感受。我们都是人生意义追寻之旅中的同路人。

为什么那些伟大的故事与神话放在任何时代、任何地方都有道理，比如米达斯点石成金的故事？因为它们所解决的、所阐释的，正是我们所有人共通的感受与向往。

为什么音乐被称为人类的通用语言？因为它不依赖于各不相同的词汇去描述事物，而是直击每个人内心的情感与力量，而这些是语言只能近似地描摹几分的东西。

在本书中，我尽自己所能去弘扬我们共有的人性，为此讲述了一些很普遍的问题：我们都需要一些坚定的价值观；要勇于追寻并回应自己命中注定的使命；要承认自己的错误并从中吸取教训，也要敢于为自己做出成功的定义。

我相信这些问题适用于我们每一个人，只不过它们在不同的人生中有着不同的演绎方式，这也是事实。从这个角度来说，人的出身以及人所处的物质环境等因素的确重要。可是，归根结底，无论是美国预科学校的学生，还是西非的村民，他们对于安全、自尊、心灵的安宁有同样的向往，而为了到达这样的彼岸，他们所走的路径、面临的挑战大概率会天差地别。

在本章中，我想更新详细地探讨一个之前只是简单触及的话题——富裕家庭在向子女传递优良的价值观时所面临的具体风险与困境。

很显然，每一个家庭都希望把优秀的价值观传承下去。我从未见过哪一名父亲希望自己的孩子在成长过程中变得好吃懒做，被宠得无法无天；也从未见过哪一位母亲希望自己的孩子贪得无厌，目中无人。但问题在于，有时候你希望传达的信息与实际传达出的信息存在着很大的差异。原因很复杂，也很令人苦恼——这也是世上不存在"完美"父母的原因之一。

我听过一个故事，它非常生动地诠释了一个人的本意有时是如何被错误地解读的，以及一个人是如何用好心办了坏事的。

有这样一个人，他成长在一个收入微薄的家庭中，但这个家庭对工作认真负责，对教育极其重视。他的父母付出了很多才把他送入大学，他自己也做着几份兼职，还申领了助学贷款——这笔贷款在他决定去上医学院的时候成了一个沉重的负担。

后来,他取得了医学与工程学的双学位。很少有人能把这两项技能与专业知识集于一身,而他凭借这些独特的综合技能,设计出了一种能够帮助重病患者按照安全的剂量限制为自己配发止痛药的装置。他为这个装置申请了专利,之后又将其授权给一家大型制药公司使用,为此获得了一笔丰厚的报酬以及源源不断的专利使用费。

一夜之间,他成了一个有钱人。

待到他的孩子出生之时,这种富裕的状态已经保持了很多年。那时候,人们皆知这家人住的是坐落于优美环境中的一座豪宅,夫妇两人都开着炫目的新车,一家人时常出入高档餐厅,冬天总是在艳阳高照的地方度假。

这位父亲自然乐于为孩子们提供一种舒适、优厚的生活条件,但也担心孩子们会对生活真正的意义产生一些片面的看法与误解。

他知道自己走向富裕的全过程,了解此前经历的每一个阶段与每一个挑战;他记得那些艰苦的奋斗与付出,记得债务加身之时的压力与焦灼;他记得是他不算殷实的父母为他注入的信心与动力助他成就了一番事业;他也记得,当初设计止痛装置时,他并不单单是为了赚一大笔钱,也是在尽自己的能力帮助他人,为医学的应用做出有意义的贡献。

然而这一切,自己的孩子却未能亲见。这并非孩子的错,也不是他的错,他们只是生活在了不同的历史时期。话虽如此,这位父亲依然陷入了两难。他不是那种喜欢四处炫耀自己成就的人，当然也不想让自己的孩子为他们所拥有的优越条件感到负疚。

与此同时，他非常希望孩子们能够了解，家中的财富与舒适的物质条件不是凭空变出来的，也不是因为自己的家庭天生就该比别人更有资格得到这一切，一切都是努力的结果。他也希望孩子们能够明白财富不等于人的根本价值——他们并不比条件不如自己的人高贵，也不比条件优于自己的人低贱。

2010年夏天，他的大儿子年满16岁。为了让儿子接触一些最基本的人生道理，这位父亲想出了一个点子。他们是一家乡村俱乐部的会员，这个俱乐部比较老派，依然会有专业球童为高尔夫球场中的会员全程搬运球袋。他决定让孩子在那个夏天去当球童。为人扛包是份有益的、健康的户外工作，但它也不是件容易的事，还需要有无私的精神。它要求你在别人畅享欢乐的时候能够承受这份差事的乏味与辛苦。当客人希望在球场中有个不错的体验时，你需要一直保持愉悦的情绪与礼貌的态度。不仅如此，对这个孩子来说，他将与那些做了许多年球童并且将一直做下去的成年人共事。这位父亲希望自己的儿子能感受到与他们在一起的团结，尊重他们懂得的东西，并且能够认识到那份收入平平但却十分辛苦的工作蕴含着同样的尊严。

就这样，这个孩子为别人背了几个月的高尔夫球袋。夏季接近尾声的时候，父亲问他从这次经历中收获了什么。

"我明白了一点，"这个男孩说道，"我最好能赚很多钱，好让别人来为我扛包。"

这就是他的收获？这位父亲的困惑与气恼完全可以理解。这与他希望孩子从这次经历中学到的道理完全相反。对艰苦的体力劳动应该持有的尊重呢？对那些一辈子都脱离不了这种辛劳的人应有的同情呢？为什么孩子没有吸收到这些信息？

这位父亲不知道——说实话，谁又能知道呢？或许是这个孩子所服务的那些俱乐部会员在他脑中种下了与他父亲对这次体验的希望相悖的观念，或许只是因为其他球童对他并不友好。

也或许，无论接受与否，他儿子最基本的性格与价值观已经在一张人与事交织而成的复杂大网中成形了——富裕家庭中的成长经历对他有着种种不易察觉的影响，他对这样的生活条件有一种未经检视的个人理解，而这种理解对于财富的来历缺乏足够的认知。

这位父亲有没有可能用更好的方式让自己的孩子了解家庭财富是如何积累起来的——比如不只是用孩子青春期时的一个暑假，而是在儿子的整个养育过程中逐步灌输？他是否能够更加清晰地传达出一个人凭着自己的能力把一件事从小做大，最终取得成功的满足感？他是否能够更加清楚地表明成功的实质在于专注的努力与成就的事物本身，而非有时会伴随而来的回报？当球童的这段体验是不是来得太少、太晚了？

或许除了这位父亲自己，没有人能够回答这些问题。但我真心认为，当我们思考优良价值观的传承这件极其微妙、涉及诸多方面的事时，类似的问题应该得到解决。

* * *

前文这个故事中,男孩接收的信息与他的父亲想要传达的信息存在很大的差异,一个料想不到的结果是,这个男孩把志向的重点完全放在了赚钱上,以便保持自己优越的生活方式。他的父亲对此感到失望,但至少这个孩子还算是有些志向的。

对某些富裕家庭来说,他们面临的一个问题是自己的子女似乎缺乏理想。如果一个人的未来似乎并无经济条件之忧,他为什么要努力工作?如果奋斗只能为自己带来更多已经拥有的东西,又何必去奋斗?如果自己的父母或往上数几辈的祖先已经在这个世界上建立了丰功伟业,光耀了整个家族的门楣,自己还有什么可贡献的?

这些感受可以理解,但它们也潜藏着颠覆性的危险。它们能够把快乐与活力从生命中抽离。因此让我们试试看,能否在此马上回答这些问题。

为什么要努力工作?因为这是最确定无疑、也可能是唯一一条通往自尊的路。

为什么要奋斗?因为奋斗能够激发出人们最好的一面,它让我们知道自己是谁,能够为世界带来什么,也让我们知道自己有多么大的能力。

家族的兴盛已然实现,还有什么可做的吗?做什么事都可以!

我想,这最后一点应该是显而易见的——毕竟赚钱只是人类诸多活动与可能成就的所有事物中很小的一个部分。可是我们的社会依然把赚钱谋生看得如此之重,有时会让人生中的其他目标与渴望都黯然失色。

绝大多数人工作是因为他们别无选择。因为三餐要吃、租金要付、房贷要还,这些是最基本的经济现实,而把这些挑战全部扛下来,本身就是一件值得尊重与骄傲的事。

但当金钱不再是一个人的首要动机时,人生中还有许多其他挑战,它们同样来得不容分说,也同样有其存在的意义。

是这样的吗?

请原谅我对这个问题的执着,因为我觉得这里有一个非常重要的区别需要说明。

我绝对相信其他挑战与志向——比如创造性的工作或公共事业——与那些以金钱为导向的追求一样,完全具有合理性。但我说什么并不重要,重要的是在你的内心深处你相信什么。对于有些富裕家庭的子女来说,这成了一个真正的绊脚石。腰缠万贯,或者如常言所说的"出身豪门",是他们定义自己以及自己在这个世界上所处位置的极为重要的一个因素,因此要想让他们接受生命中还有其他具有同等重要意义、同等决定性力量的事物,则需要在想象力与勇气上实现真正意义上的跨越。

以我认识的一位女士为例,她的父母在零售行业积累了大量的财富。十几岁时的她对商业并没有太多的兴趣,可是她依然在大学尽心完成了商务管理专业的学习,之后又获得了工商管理硕士学位。这对于她来说是一种默认模式,是最符合她们家在这个社会上的定位的一条路,但却不见得是符合她自己心意的路。

她自己最热爱的事是画画。很小的时候,她就十分喜欢上美术课;大学期间只要有时间,她就会去美术工作室上课。她相信自己是有一些才华的;但与此同时,她又无法把自己对艺术的喜爱当成一件正事来看待。会画几笔素描与生活中真正需要做的事有什么关系呢?或者说至少与她的家庭在生活中的正经事,也就是赚钱,有什么关系呢?是否她充其量不过只是一个业余爱好者?

一段时间以来,她都在反复纠缠这些问题,在家族企业中不冷不淡地做着工作,就这样度过了不开心的好几年。按照她后来所述,她觉得自己像在人生中梦游一般,一切都是做做样子,从未真正用过心。她还会画画,但画画是她的爱好这个想法总会让她郁愤难当。有爱好并没有什么不对,但是把一件感觉上处于人生核心地位的事称为一个爱好,并且让别人也以为它是自己的一个爱好,这就不是让人有点郁闷那么简单的事了。

终于,这种郁闷到了无法忍受的地步,这位年轻的姑娘鼓起勇气告诉了父母她想离开自家企业去全职搞艺术。

"我有种最奇怪的复杂情绪,"她回忆道,"我如释重负,感到无比兴奋,浑身充满了力量。可是在内心的幽深之处,我又觉得自己是个失败者。我觉得这种感觉并不是父母带给我的,是我自己的问题。我觉得自己好像放弃了所谓的'人生正道',任由自己去做一个放浪不羁的艺术家。有意思的是,我觉得父亲似乎挺喜欢向别人吹嘘自己有个当艺术家的女儿住在市中心的一间阁楼中。我的家庭还是可以承受有一两个'怪人'的,所以我的行为也无伤大雅。如此看来，唯一的问题就在于我能否相信我为自己选择的人生算得上有意义。"

我想，这真是一个有趣的措辞。算得上？如何算？用钱来算？艺术之美可以用来计算吗？个人表现力可以用来计算吗？这位女士所面对的障碍在于她能否真正相信自己的志向——一个不以赚钱为核心的志向——同样名正言顺。

最终，她与自己的选择达成了和解。她是如何说服自己她走的是一条正当的路，她的志向并非儿戏的呢？这在于她自己非常认真地对待了这件事。

"到了某个阶段，"她回忆道，"我突破了自己。我意识到我的选择是否正当并不取决于我做什么，而是取决于怎么做。如果我在绘画上又懒惰又自满，那么我不过是另一个信托基金加身的'半吊子'，这当中又有什么自尊可言？可是如果我下了真功夫，把自己的身心与灵魂倾注在一张张画布上，不断试着去拓宽自己能力的边界，那么我就可以名正言顺地把自己称为一名艺术家。其他的都不重要。世人会觉得我很棒吗？我不在乎。进入这一行，我还有可能赚大钱吗？也许能，也许不能。我只是想要自己明白，在他人为我设定的成长道路之外，还有大把值得尊重的理想可以追求。"

* * *

说到此，让我们再说回我自己的家与我自己的经历吧。

我在前文提到，小时候我家里并不富裕，当然生活还是过得很舒服的，只不过从不张扬，绝对符合中西部人的特点。我的父母多年以来开的一直是很普通的车，哥哥姐姐和我穿的都是经久耐用的衣服，不是什么设计师品牌。小的时候，我们几个从不会把任何事当成理所当然的。我会拿到很少的零花钱，但这些钱不是父母直接给的，而是我在家中做一些简单的家务活挣得的。如果我借了一些钱进城去，我也需要把零钱带回来。

后来，父母变得越来越富有，而我也极其有幸能够目睹一些事，它们的价值与重要性是我在后来的成长过程中一点点明白过来的，而我为此也对父母充满了无尽的感激。

我所目睹的是：家中的境况虽然发生了变化，父亲母亲却从未变过。

母亲还是那个温暖又慷慨的人，她的朋友依然遍布城市的每一个角落，她对别人身上发生的事依旧关切如初。

父亲每周还是工作六天，依然穿着他的卡其布裤子与羊毛衫，专注得像是灵魂出窍了一般。

为什么金钱没有改变他们？因为赚很多很多钱从来就不是他们做事的目的。父亲工作极其用心完全是出于热爱，是因为这项工作具有挑战性，令人兴奋。虽然最终钱也赚到手了，但对工作的热情与好奇心却从一开始就存在。金钱会尾随而来，但从不是方向。

这当中的区别有多重要还需要再强调吗？就那些能够让子女们在潜移默化中学会的道理而言，这一点实在是太关键了。

如果父母热爱自己的工作，对工作充满激情，那么孩子就能够看到工作本身的价值，也会想要去寻找自己的热情所在。

如果父母既不喜欢，也不尊重自己的工作，只是把它视为财富与地位之路上无可避免的苦差事，那么孩子也会学到这一点，而这种观念很容易导致孩子未来的人生被大量的沮丧与不快占据。

近来，我听到了一个发生在一家人身上的故事，它就是这样一个悲哀又活生生的例子。

这家人中，父亲是一名相当成功的投资银行家。我相信有很多人是真心享受这一行给人带来的智力挑战与高风险操作的，可这位父亲不是。他亲口承认自己很讨厌这份工作，在过去25年的职业生涯中，他每一天都在盼望着退休。

尽管他不喜欢自己的工作，但他却非常在行，也赚了很多钱。但这种情况导致了一种不合常理的逻辑，而这种逻辑又传给了下一代。

它的发生过程大概是这样的：由于这位父亲对自己的工作充满了厌恶，所以总觉得自己该以某种方式来补偿自己在办公室所感受到的不快。而他能找到的唯一补偿就是金钱，于是赚钱成为对他来讲无比重要的一件事。由于想要赚到更多钱，他在自己厌恶至极的这份工作中更加卖力，这又进一步加剧了他的不快乐。与此同时，财富带来的福利也开始堆叠——他有了避暑豪宅，享受上了奢华的假期，加入了各种高档俱乐部。

可就算是这些福利也有一个问题。这个父亲无法真正地从中感到享受，因为他想要从中寻找的东西实际上是这些福利无法给予的。他寻求的不单是物质生活的舒适或奢华,还希望用金钱的回报来填补自己心灵上的空洞。他想要用实物来替代精神上的满足,而这么做不过是徒劳罢了。

让我们把目光转向他的下一代。

这位父亲有一个儿子。与大多数小孩子一样,他很崇拜父亲。少不更事的他想必也没有什么判断能力,只一味想要去模仿自己的父亲。等这个年轻人到了步入职场的年龄之时,他做出了一个与父亲不一样的选择,进入了房地产开发领域,可是有一些行为模式不知不觉间在他身上重现了——一些不好的模式。这个年轻人在经历了很多年的不快乐与数百小时的心理治疗后才终于看透了这些行为模式,挣脱了它们的束缚。

"我从来没有喜欢过自己的工作,"他说道,"但一段时间以来,我并不觉得这有什么问题,因为我根本不知道一个人还可以喜欢自己的工作!我并不知道这种事是有可能的。从小我在家中看到的是父亲受着工作的折磨,喝着威士忌,吃着阿司匹林,然后就飞黄腾达了。我以为事情本就是这样的。"

只可惜,这种状态最终还是让人无法忍受了。与他的父亲一样,这个年轻人对自己的工作也非常拿手。钱赚到了,可同时也让他觉得空虚。"我进入一种典型的进退两难的境地,"他说道,"如果我继续下去,前路上除了痛苦什么都看不到。可如果我不这么做,我会觉得自己很失败 不像我父亲那么有担当。"

这个时候,他决定去接受心理治疗。

"治疗中我学到了很多事情,"他回忆道,"不过最核心的一点大概在于此：我意识到自己从父亲身上汲取的并不是真正的职业伦理，那是一种'遭罪'理论——父亲在工作中忍受折磨，大概是为了我们家好，所以我也应该受这样的折磨才对，否则我就是在推卸责任；工作本就应该是痛苦的，我怎么可能对工作有别的理解呢？"

父亲树立的这个强大的，但又不快乐的榜样控制着儿子的人生。好在儿子有一个父亲所不具备的优势：他有机会从很小的时候起就见证一件事——想单凭金钱就得到满足是行不通的。在某种程度上，他知道父亲所走的路，包括他自己的路，都无法通往真正的满足感与心灵的安宁。相反，它是世人眼中通往成功的道路，可它吞噬的却是个人的身心与灵魂。

人在孩童时期所汲取的价值观，无论好坏，是最难被抛却的，对自己所走的路产生怀疑与有决心和勇气离开原路重新开始也不是同一回事。后者需要花更多的时间、做大量的自我拷问，还有与父母起争执的风险——很好理解，父母可能会觉得儿子重新选择的方向暗含责怪。

可我们每一个人在精心打造适合于自己的人生时都会同时面临着巨大的挑战与无限的机遇。在某一刻，这个年轻人画下了一条界线，认为让自己的生活围绕一个不喜欢的工作转完全没有意义。他彻底把自己从过去的商业生活中解脱出来，决定重回校园。

"那时候我已经30多岁了，"他回忆道，"我才终于开始思考自己真正想做的是什么。抛开薪资与名望的社会等级不谈，什么才是真正吸引我的事？结论是心理咨询。我想到了自己从心理治疗的经历中获得了多么大的好处。虽然说好的心理咨询挽救了我的人生听起来太过夸张，可它确实帮我把人生转向了更有益的方向。我也想为别人做一些这样的事，继续把它发扬光大。

"所以这就是我现在所做的事。我的日子过得还算体面，赚得不多也不少。但我热爱我的工作，我也不会因为喜欢这份工作感到愧疚！早上起床时，我就知道这一天又能学到新的东西，也希望自己能够帮助到别人。我学到了一件非常珍贵的事，而这件事我绝无可能从幼时的家中习得：工作就应当是工作的回报本身。"

* * *

所有父母都希望自己的孩子能有一个好生活。大多数家庭甚至是已经非常富足的家庭，都想象着能将更好的生活传递给自己的子女。

这些都是老生常谈了。我们未曾过多思索、也未曾有过犹豫就接受了这些观念。可是或许我们不该如此，或许我们应当对这些简单的话语与基本的概念再多一点深入的思考。

对于什么是真正意义上的好人生，我们对自己秉持的观念有多自信，或者说应该有多自信才对？当我们谈及"更好的人生"时，我们指的是什么？它只是简单地等同于更多金钱与更多物质享受吗？甚至我们有没有想过获得金钱与物质享受的同时我们可能失去了什么？

2009年年初，我在阿联酋首都阿布扎比的经历让我对这些最基本的问题有了一个全新的认识。与其他海湾国家一样，阿联酋也是一个以令人炫目的速度迅速达到现代化的国家，其富人生活的奢华程度几乎连西方发达国家的人也无法想象。当"进步"与财富取代了传统与自力更生时，人们会有什么样的得与失呢？在这个问题上，阿布扎比呈现出来的一系列问题与我们自己的社会所面临的问题并无太大的区别，只不过因为它们更极致，又浓缩在了一段很短的时期内，因此显得更加生动与戏剧化。

有一天，我有幸受邀去参加一位级别很高的阿拉伯酋长设下的午宴。他深谙世道，见多识广，但同时还保留着游牧部族贝都因人的根。他的"院区"极尽奢华，但大致来说，还是以游牧民族的营地为蓝本，其中多是形似帐篷的圆形建筑。他还保留着贝都因人一贯以来对待客之道的高度重视。毕竟在沙漠中，游人若找不到食物与庇护之所是会死的。在阿布扎比这样的大都市中，大概不会有什么饿死的机会；可这位酋长依然非常看重邀请外国游人与他一起用餐。我后来才知道，每顿午餐与晚餐，他都会邀请30~40人前来大摆宴席，用骆驼肉与其他当地的美食招待众人。

食物由用人呈上来，是酋长亲自上手摆的盘。另外一些用人在宴客厅两翼排开，人人手持机枪。毕竟在如此招摇的排场之中，某种程度上还是存在一定危险的。

这位酋长尽管有数不尽的财富，但本人非常谦逊，会很自然地谈起自己平凡的身世。在他小的时候，没有下水管道，没有电，也没有学校——或者至少可以说没有教学楼。孩子们只是与老师坐在树下。地上插着一根棍子，每当这根棍子的影子移到某个位置时就可以放学了。《可兰经》是唯一的书，它不仅是一本宗教文书，也是一本识字课本。除了它，孩子们没有别的书可读。至于食物，那片贫瘠的土地上能产出什么就吃什么，外国食品更是闻所未闻。

酋长讲述着他在一生中亲眼所见的惊人变化，我应和了几句，指出这个国家的年轻人如今的境况远比过去要好。

这位主人对此却并不是很确定。"他们倒是不会挨饿，"他说，"他们也不会被渴死。但我对我们的年轻人感到担忧。他们很多人不知道自己是谁，也不知道自己所生活的世界是怎么来的。他们上的是美国的学校，开的是德国的车，穿的是来自法国设计师的名牌服装。一切尽善尽美——但这与他们有什么关系呢？"

他觉得这些受尽优待的年轻人正在离自己应有的人生越来越远。这个世界给予他们的东西如此之多，以至于他们自己的志向似乎并没有什么要紧，也正是因为它们似乎并不重要，因此便一点点消散了。很多年轻人终日无所事事，身体与精神都在游荡，因为他们没有一个必须去的地方。酋长相信这些年轻人大多数是充满关切的好孩子，只要知道如何去做有价值的事，他们就会去做的。只是他们的人生没有为他们做好这样的准备，因此很多人的潜力并没有得到开发。

历史在世界的这一端推进得如此之快，以至于上一代人的习惯看起来已经是令人难以理解的过时之举；一个开着保时捷、戴着雷朋太阳镜的都市小伙子，一个不信教的年轻人，又能在多大程度上与坐在沙漠中的枣椰树下读着《可兰经》的父亲感同身受？

听着酋长的话，我意识到他对自己那个社会的未来所怀的担忧对我们的社会也同样适用。它的危险之处在于人与现实渐行渐远，有种可悲的、令生命失色的疏离——人们并不知道自己真正所处的位置，因为他们没有花时间关注自己是如何走到这一步的。人们错把稍纵即逝的欢愉当成了经久不衰的快乐，把地位的象征性标识当成了真正的成就。

这些都是人生失去意义时会出现的景象。或许与世界建立连接是唯一的治愈方式。这并不意味着人应该回到过去，或是去盲目地接受从前的信仰，但它确实意味着人应当尊重与理解那些为来日的繁荣奠定过基础的旧日理想。

它意味着要对那些在金钱出现之前就已经存在，并且不会因金钱的消失而改变的基本真理有所感知。

最根本的是，人需要与自己的生命建立连接，要能够感知那些出自内心深处的想法、渴望与追求，它们的价值无法用金钱来衡量，也不会因为已经拥有了财富就失去了意义。

第十二章

回馈之道

CHAPTER 12

无论你有没有宗教信仰，或者有什么样的宗教倾向，很难否认旧约《传道书》中存在某种诗一样的美感。比如下面一段 [最早是由美国民歌歌手皮特·西格（Pete Seeger）借鉴，用在了自己的歌《转！转！转！》（*Turn! Turn! Turn!*）中，后经飞鸟乐队传唱，成了 20 世纪 60 年代的热门金曲]：

> 凡事皆有定期，万物皆有定时。
> 生有时，死有时；
> 栽种有时，摘取有时……
> 得有时，失有时；
> 留之有时，弃之有时……

读到此处，我觉得所谓"弃之"的真正内涵用现代人的话来说就是我们所说的"回馈"。它是继"获得""保留"之后的另一个阶段。在这个阶段，我们已经积累了很多有益的东西，比如经验、知识、同理心，还有物质财富，于是开始觉得应当甚至必须把这个世界给予我们的东西分享出来、散播开来，造福于他人。

在本书中，多数时间我探讨的都是人生旅途中的早期阶段——这里所谓的"早"并不一定是指时间顺序，而且指我们自己的人生发展阶段：我们最基本的价值观是如何形成与传递的？我们应怎样去寻找幸福、鼓足勇气去响应使命的召唤？从错误中汲取教训的经历给我们带来过怎样的痛苦与救赎？如何去面对智识与情感上的双重挑战，为自己定义一个不只符合社会期待、更符合自己内心的成功？

我相信这每一步对个人的成长来说都无比重要。但还有一个问题：我们的成长通往何方？又是为了什么？

我想，这些问题有两种答案。这两种答案互为补充，并不冲突。

在个人层面上，我们自身的发展是为了获得自尊，而这种自尊只有在我们通过努力为自己赢得回报之时才能得到。我们的目标是通过选择自己的人生而获得心灵的安宁，是去追逐内心确认无疑属于自己的那个命运。

在社会层面上，我们最有意义的进步在于有那么一天，我们能够回馈社会。

这种回馈可以有上百万种不同的形式。它得见于最惊世骇俗的义举，同样也潜藏在最不起眼的善行里。教书育人与精神指引是一种回馈；付出时间是一种回馈，它的重要意义至少不亚于金钱的捐赠；不以自身利益为目的，将工作着眼于他人的共同利益是一种回馈；走出自己的舒适区，参与更广阔的世界也是一种回馈。

当回馈的行为牵涉大笔金钱时，人们似乎觉得有必要冠之以一个更高级的说法。于是我们称其为"慈善"。

不过在我看来，这是又一个熟悉的词被草率使用的例子，也就是说它偏离了这个词原本的——更纯粹的——意思。通常，"慈善"这个词似乎只在有大额捐赠出现时才会使用，就好像回馈社会这件事只是有钱人与社会名流独有的特权。

而"慈善"（英文为 philanthropy）最初的意思与金钱或地位没有任何关系。这个词源于希腊语中的两个词根。一个是"philo-"，意为"爱"，显然"philosophy"这个词就出于此，意为对学问的爱；另一个词根是"anthropos"，意为"人类"，就像在人类学"anthropology"这个词中的用法一样。当我们把其中不相干的部分剔除，就能够看出慈善（philanthropy）这个词所表达的意思不多也不少，恰恰指的是我们感受到的对他人的爱，是那种让我们想要去共甘苦的同气连枝之感。

钱很有用，毋庸置疑。但它不是慈善的本质。慈善的本质是人们在给予回馈之时所秉持的精神，而这种精神的培养在我们每一个人的能力范围内。

* * *

有的人似乎认为回馈社会只不过是成功人生的附加品——

我们赚到了钱，再把其中一部分给出去。这种给予成了一种名望的象征；我们捐得越多，就应当说明我们对社会更重要。当然，把财富分享给更多的人有助于缓解"馈赠的罪恶感"这种有害的感受——那是人在一个不公平的世界中身处被命运眷顾的人群中时会有的不适感。

这都没有问题。想要去给予总是件好事，慷慨的捐赠永远会受欢迎！

但我想说的是，最真诚、最重要的回馈形式远不是人生的附加品那么简单。相反，它对于我们是谁以及我们会做什么有着不可或缺的重要意义，是我们的价值观与信仰的本能流露。比如，它与简单地签发一张支票不同，这种更接近个人行为的回馈形式不是一笔单向交易。在我眼中，它是一个能够催动"自我升华闭环"的起点：我们奉献自己，从世界中得到回报，然后进一步发现我们能够给予的还有更多。

我很高兴可以以自己的亲身经历为例来解释这个闭环的作用方式。

前文提到，在我职业生涯的早期，给广告作曲这个我赖以为生的工作已经不能满足我了，于是我转而开始写歌，为自己制作音乐 CD。相对来说这件事更能让我有成就感，但还有一个问题困扰着我：这些音乐的意义是什么？我很受命运的眷顾，至少还是有一定的才华与必要的本金去追求自己所热爱的事业的。但我的努力难道不能朝着更大的目标与意义而去吗？

就在那段时间，美洲原住民的文化与历史深深地吸引了我，我不只想要了解有关它的信息，在感情上也很受震动。而我也是后来才意识到，这件事是我在升华之路的美妙闭环上开始奔跑的起点。

与任何一个有良知的人一样，我对于白人统治者与定居者打着"天命论"的旗号对印第安人施加的恶行感到羞愧与震惊。他们以"进步"为名，欺骗、出卖、大肆屠杀当地的原住民。印第安人曾经生活着的土地被夺走，成了别人"所有权"下的东西——那是一个在他们的社会中完全陌生的概念。在这个过程中，他们失去的不仅仅是土地与疆域那么简单，原住民的文化——在数千年的观察、学习以及与自然和谐相处的过程中积累而来的产物——被践踏、被摒弃。谁还能想象得出那些被轻蔑地丢进历史尘埃中的智慧，那些与自然、精神、社会甚至医学都有关的智慧蕴含着怎样的价值？

我决心去做一些能够让人们对原住民文化的重要性加以关注的事，营造一种对原住民文化充满关心与尊重的氛围，这样或许至少能让原住民的信仰与实践中的某些碎片被重新点燃。

对于这个决心，我想做一点澄清。没有人让我去做这件事，它不是一件"应该"去做的事，当然也不是为了给自己锦上添花。我深入原住民文化是因为我想要这么做，就算说我觉得自己"需要"做这件事也不算太夸张。这种参与想来是因为家庭渗透给我的一些最基本的价值观在起作用——那些关于人权、人的尊严以及人类同呼吸、共命运的价值观。这件事于我而言无关"事业"，我只是在做一件自己觉得正确的事。

对我来说，通过音乐参与其中是个很自然的方式。但我很快就意识到，如果我希望拿出一些有价值的东西，自己首先有很多东西需要去学。换句话说，想要回馈社会的意愿本身就足以开启一个自我升华的闭环。

我开始如饥似渴地读起书来。我去图书馆找到关于美洲原住民的区域，从字母排序为"A"的书起一路读了下去。在这个过程中，我对原住民的语言产生了浓厚的兴趣——不只是它们的形与义，还有它们的韵律感，以及这种特定的语言节奏与断句方式应当如何与音乐进行适配。

这些想法促使我开始考虑为合唱表演作曲。

别忘了，我的编曲生涯始于十秒长的"插播广告"，然后是三十秒的广告曲，之后到了四分钟的歌曲。可如今我要写的曲子无论在规模上还是它所蕴含的力量上，都会是一次"量子式"的飞跃。是什么给了我这样的胆量？是什么给了我干大事的信心？是因为我尽心竭力去做的事远远大过了自己。一个更加宏伟的目标需要有更加宏大的音乐。还是那句话，这个过程丰富了我的世界，我所得到的东西至少不会比我所给予的少。

就在这段时期前后，通过此前与凯文·科斯特纳的合作以及在《与狼共舞》上的工作，我得到了一个非比寻常的机会：为系列短片《500部落》创作8小时长的音乐。我可以很自豪地说当时我的配乐广受好评，但我更为骄傲的是自己能够参与一个对印第安原住民文化的丰富性与重要性有充分认可的项目，能够让人们对如今美洲印第安人的现状有所认识——无论他们现在是否还生活在保留地上。

后来这部系列片播完了,而我想要继续关注原住民问题的心思却没有停下来。借着《500 部落》的势头,我开始考虑多媒体的呈现形式,想要把音乐、舞蹈、故事叙述与视觉效果结合起来。于是《神舞》(*Spirit*)就这样诞生了。这场表演最初由美国公共电视台(PBS)打破常规节目形式,把它作为特别节目搬上荧屏,此后便以现场巡演的方式登上剧院。

其实在最开始,还是有一些小困难需要去克服的。其中一个就是我根本不知道应该如何去创作现场歌舞表演!我又一次迫不得已需要使尽浑身解数,为了给社会拿出些什么而去学习、去充实自己。

及至这次机会来临,我已经在匹配音乐与画面、用音乐来推进叙事的手法上有了多年的工作经验。但此前的经历中,故事的创作已经完成了,那是由别人来负责的!而这一次,有史以来第一次需要由我来负责与一些优秀的搭档合作,完成一个叙事框架的构建。为此,我需要比从前更深入、更系统地思考故事叙述的原则以及让其发挥奇效的方式。我读了几本约瑟夫·坎贝尔的书,包括《神话的力量》与《千面英雄》,它们强调的都是人类本性与人类渴望的普遍性。

事后看来,读坎贝尔对我形成自己的文化生活发挥了非常重要的作用,他对故事写作的热情与敬畏极具感染力,让我的内心倍感充盈。(我想,我希望有一天自己也能写本书的愿望完全有可能始于读他的书的经历。)

短期内，读坎贝尔的书让我找到了我一直在寻找的神话故事框架：英雄之路。无论在既定的情境之下具体的故事细节是什么，这个旅程总是通往内心世界的。它以自我认知为目标，但没有把这个目标作为终点本身。相反，自我认知是一种与世界重建关联的方式，只不过是在更高的理解层面上所做的重建，为的是能够为他人指引方向。

我意识到《神舞》这个表演的全部意义就在于此：重建关联，不只是对那些从那场漫长而苦涩的、以抹杀他们的文化身份为目的运动中活下来的印第安原住民而言，也是对所有觉得与真实的自我渐行渐远的我们而言。我希望每一个人都能在想起自己的来路、想起真正的自己是谁时感到一丝振奋。我自己就有这样的感受——这也是另一个在给予的过程中得到收获的例子。

《神舞》在美国公共电视台首播，之后开始了现场巡演。对我来说，最难忘的当数华盛顿国家广场的那场表演。我大概可以用好几页的篇幅来说明这一路走来的种种心路变化——包括从舞台技巧到与演出所用的巨型定制帐篷等实景布置相关的各个方面。但所有事情中还有另外一面需要承认：这个过程也是极其令人心力交瘁、沮丧崩溃的。

办这场演出是件无比消耗精力的事。整个后勤工作从始至终都很艰巨，同僚间的关系因各自倾情贡献的意见互不统一变得紧张起来，大把的钱也砸了进去——包括我自己的与早期赞助者的。

说这些话并无抱怨之意，只想说明一点：个人回馈社会并不是件容易的事！也不应当是件容易的事。签发一张支票很容易。

而想要通过一个人的能量、信念与独特的能力组合试着去为这个世界做些什么却很难。它所要求的投入程度与那些心怀壮志又不辞辛劳的人通常会在自己的工作中投入的精力并无二致。

既然回馈与得到同样重要，那么为回馈这件事投入同等的精力、给予同等的决心又有何不妥呢？

* * *

近来我听到的一个故事恰恰就是这样一个亲力亲为，在回馈上下足了力气的绝佳例子。

1990 年，一个杂志编辑请我的一位记者朋友写一篇关于前总统吉米·卡特的文章。那些年，卡特先生把大量的时间投入到一个叫"仁爱之家"（Habitat for Humanity）的非营利性组织中，该组织为无家可归的流浪人员、恢复期的戒毒人员、单亲家庭以及其他遇到极端经济困难的人群建造房屋。要想接触这位前总统只能通过这家组织的新闻办公室，于是我的朋友电话联系他们，询问是否可以安排一次采访。

这家机构很高兴地同意了，但做这个采访需要付出一些代价。作为交换，为了得到采访卡特先生的机会，这位记者朋友需要志愿为这家组织做一整天的苦力活。

"我当然口答应了，"我的朋友回忆道，"但我其实并不知道等着我的是什么。之后我接到了一个电话，让我在八月的某一天早上八点出现在北费城的某个地方。前总统与前第一夫人那天会在那里的建筑工地干活。我可以加入他们的队伍，在那天的劳作结束之后做采访。

"到了那天我才知道，"记者朋友继续说道，"那是多么要命的一天——39摄氏度的高温，又热又潮，光晕背后的日头灼灼，四处是刺目的光。我见到了那个工队，卡特先生就在其中。我们开了一个简短的小会，相互介绍自己，各自领了任务。由于我的建造技能为零，因此我的任务是搬东西，比如宽四寸厚二尺的木材、石膏板以及成捆的乙烯基壁板。

"但这个故事的重点不是我做了什么，而是卡特夫妇做了什么。你可以说我是以小人之心度君子之腹了——我原以为前总统夫妇不过是来装装样子，我以为他们会穿着工作服露个面，拿锤子象征性地钉一两个钉子，然后留出拍照时间摆几个姿势，之后就会退到阴凉处。毕竟吉米·卡特曾经是这个国家的领袖。就算他只是拿自己的名字与威望来表示支持，这难道还不够吗？

"事实证明，这种假设与卡特夫妇的实际行为差了十万八千里，而且我也必须承认我为自己的小人之心感到无比惭愧。这对夫妇与其他所有人一样在卖力地干活。吉米——他希望别人这么叫他——俯身在一张长桌上，拿着一把电锯切割乙烯基壁板。罗莎琳拿着测量仪，校准壁板的位置，确保尺寸合适。她戴着一顶大帽子遮阳，但还是热得满脸通红。而这位前总统戴着的护目镜因为潮湿而蒙着一层水汽。

"那一天中，"我朋友回忆道，"我与卡特先生也在交谈。但对话的内容大多数是类似这样的：'把它放在这儿吧'或是'你看它摆直了吗？'换句话来说，前总统先生已经表达得很清楚了，这一切无关于他，而是关于手中的活计。他在这里并没有以名人自居，而是完全把自己当作普通人，用自己的技能与汗水为一个他真正相信的事业而努力着。

"我们一直干到下午四点钟，那时候一个房子的主体框架与墙面已经部分搭建完成，我们所有人都又渴又累。这时媒体联络人走了过来，问我是否准备好可以开始采访了。而我意识到，我已经没有必要做这个采访了，采访本身实际上已经不重要了。卡特先生还能说出什么没有用行动证明的事吗？我想问的问题还有什么是他的行动没有给出答案的？采访只不过是口头上的，而那一整天都是实打实干出来的。

"所以我只是与这位前总统握了握手，感谢他给予了我与他并肩工作的荣幸。卡特先生回答说，做这些活是我们所有人的荣幸。"

* * *

由此来看，在前文讲述的几个故事中，我们发现了回馈之道中似乎存在着一些相互矛盾的地方。

《神舞》的经历让我明白回馈社会的决心能够极大地丰富我的世界，但这个过程也会伴随冲突与沮丧。

吉米·卡特先生的故事告诉我们，即使对前总统来说，在难耐的酷热与日晒下灰头土脸地干体力活也是一种荣幸。

那么我们当如何处理这其中的矛盾之处呢？我会说：接受它，然后继续前进！

生命是复杂而丰富的，这些看上去矛盾的东西正是人生中的一部分。如果说人生是由我们创造的，如果我们想度过一个尽可能丰满、有质感的人生，我们就需要找到度过这些困难的决心。

诚然，奉献自己是件要求极高的事，也是件危险的事，因为它是一种自我暴露的行为。付出的过程，就是一个把自己是什么样的人、有什么样的能力呈现出来的过程。

即便如此，也没有人能保证这样的付出会顺风顺水或是达到我们希望达到的目的。

而看起来相当确定的一点是，付出这件事要求我们竭尽所能，要敢于离开自己的舒适区，摆脱我们的常规做法。

为此，我想如果一个人对倾情付出有所抗拒也是很自然的。我知道这种感觉，因为我有过这样的体验。

先来说说这件事的背景。

在我的家中，"赚钱"与"守财"之间有条清晰的界线。我父亲当然已经证明了自己非凡的赚钱能力，但那是出于父亲对工作的热爱，而非以它为动力而来。能赚到钱充分证明了父亲的直觉是正确的、他的分析是扎实的，而这也是他应对自己的股东所履行的职责——在这一点上他做得相当不错！如果说其他投资从业者想要把他们的收益用于买游艇、买豪宅或是买别的什么，那是他们的权利，毋庸置疑。但它从来不是父亲的想法。父亲的计划是要把来自这个世界的财富再交还给世界。

十多年前，我和哥哥姐姐就已经成了这个计划中的一部分。1999 年的圣诞节那天，父亲赠予了我们每人一个基金会，每个基金会的赠款金额为一千万美元——这无疑是一个巨大的金额，但还不至于难以管理。与人类从事的任何一项事业一样，运营一个慈善机构也需要经历一个学习曲线。犯错是不可避免的，只是不要犯下灾难级的错误就好！

接下来的几年中，我与妻子詹妮弗逐渐适应了自己的角色，做起事来也越发得心应手。父母不停地在追加捐赠金额。到了 2004 年母亲去世的那一年，我们所管理的资金已经超过了一亿美元。

但在此我想坦诚地承认一点：我对这一切感到极其纠结，很幸运詹妮弗不只是一个积极的合作伙伴，她还能够全身心地投入其中，是她在不厌其烦地处理基金会运营过程中的大多数行政类事务与高度要求细节的工作。

而我呢，我还在与一些最基本的问题做斗争。还记得吗，我一直是一个安静的、喜欢独处的孩子，总会在钢琴中寻求慰藉。我对摄影的兴趣也是因为它在某种程度上能够让我与社交活动保持一定距离——做一个旁观者，而不是参与者。正如某些智者所言，人是不会改变的，他们只会越来越像原本的自己。就算我已成年，也还是喜欢独自工作，喜欢与琴键交流。我非常珍视自己的个人空间。

与此同时，作为我父亲的儿子、巴菲特家庭的一员，我理解自己可能无形中会感受到一种把自己拖向公众视野的力量。这个基金会逐渐开始成为制造这种力量的机器，因此一段时间以来，我都很抗拒它。

抗拒它的理由很简单，也很自私，但完全可以理解：我在保护我已经拥有的人生、我的音乐生涯、我平静的日常生活，以及可以用来读书或只是静静地与妻子坐在一起的时间。

这些事给我带来了巨大的满足感。但我还没有意识到，一旦我克服了内心的抗拒，通过慈善事业全身心地投入广阔世界，我所能获得的满足感将会大大超出自己的想象。

* * *

接下来就是那个爆炸性的时刻。

2006年6月，父亲登上了全球各大新闻媒体的头条——他宣布将把大部分财富捐赠出去。新闻头版中提到高达370亿美元的金额将会悉数捐给比尔及梅琳达·盖茨基金会。我和哥哥姐姐每人负责管理的10亿美元基金会只能算是这个故事中一个小小的脚注。

与哥哥姐姐一样，我也是在此前几个月悄悄得知了这个计划。我的第一反应是给父亲打了个电话，告诉他我为他感到万分骄傲。那是我唯一能够想到要对他说的话。

而我是在日后才逐渐地、一点一滴地真正理解了父亲的慷慨意味着什么。我和詹妮弗管理着相当可观的一笔钱，我们应该如何把它用起来？是去支持许多事业呢，还是集中在一两个项目上比较明智？如果是后者，应该选择哪个项目？我们应该如何让自己投身到奉献中去，而不只是简单地发发钱？如何才能把我们所能提供的帮助实现最大化的效果？这些问题真是令人头晕目眩。

在此，请容忍我再多说几句，因为我想告诉大家一个我父亲的诀窍。有时候我跟父亲聊天的时候，他会毫无征兆地转到一些看起来并不相关的问题上。于听者而言，这种转换或许会令人困惑，但通常事后你会发现这种切换完全符合逻辑，父亲只是找到了事物间别人还未察觉出的关联。

在父亲对外公布自己的善举之前，我们一家人碰巧齐聚在了奥马哈市，之后一起飞往纽约。在飞机上，我和父亲谈起了面对基金会这件事时我内心的困窘，父亲突然转而问我是否觉得基金会的工作会给我的音乐带来影响。

我觉得这个问题很奇怪，尤其是因为父亲问的是一个如此具有开放性的问题。他问的是基金会是否会挤占我用来作曲的时间和精力吗？还是说他是在暗示基金会的工作或许会给我的创作带来创造性的启示？我含糊地回答他，说我看不出来一件事会如何影响或是为何会影响另一件事。

可是毫无疑问，基金会的工作确实对我的音乐有影响！怎会没有呢？父亲似乎在我之前就看出了这一点。

此处我需要补充一点背景信息。就在父亲的重磅消息公布后的几个月间，我和詹妮弗努力地思索了很久，为我们的基金会确定了一个使命与关注重点。我们借鉴了拉丁语中意为"变化、更改或是创造"的词，把我们的使命称为"诺沃"（NoVo）。可是我们最希望看到这个世界上发生的变化是什么？我们应当开创或采用什么样的策略去为这样的改变提供帮助？

经过大量的深入思考，与许多经验更丰富的捐助人与管理人员碰面交流后，我们为自己的工作方向确定了几个指导性原则。第一，我们要避免去做在我看来属于"慈善殖民主义"的事。它是指一些出于好意的外人（通常）会觉得自己比当事人自己都了解他们所面临的挑战。想象他们更懂这些问题，就会进一步导致他们觉得自己能够把有效的解决方案强加于人。这不仅是一种傲慢的行为与高高在上的姿态，而且往往无法解决问题。所以我们要采用的策略应该是为那些发现了自己的需求，也找到了自己的解决办法的人提供帮助。

第二，我们希望采用父亲一贯以来的商业原则：投资估值偏低的资产。这个理念有种简洁之美：找到被这个世界低估了的事，支持它，不要随便插手，给它以时间，让世界逐步追上它的估值。

当开始思考哪些人类资产在全球许多地方都被低估了的时候，我们得出了一个显而易见却又令人震惊的答案：女孩。一个可悲的真相是女童在许多不同的文化中都是不平等的受害者：儿子可以去上学，女儿却常常被拒之门外；男孩总能得到体验广阔世界的机会，而女孩却常常受困于家庭的牢笼，多年后又成为丈夫的囚徒。我们希望能够为解决这些不平等问题做些什么。

此外，我们还在这个过程中发现了一个神奇的"倍增效应"：今天的女孩会成为明天的母亲，如果我们能够帮助少时的女孩提升健康水平，接受更好的教育，获得更大程度的经济独立，这些益处将会一代代传递下去，这样的馈赠会持续下去。

我们最初提供支持的项目之一主要集中在利比里亚与塞拉利昂这样的西非国家。我们提供资金援建的学校成了女孩们的避风港，为她们提供的课程既包括通识教育，也包括实用技能。女孩们学习阅读与书写，还学着用不需要电的脚踏缝纫机做针线活。如果其中有人最后能成为电工，那也会是个不错的结果！能够在经济上支持自己，为自己理好账，这些女性将有望在未来随之获得独立与自尊。

为了这个项目，我第一次出差前往非洲。对我来说，这是一次意义深远的经历。我从未见过如此鲜明的反差，一面是物质上的贫穷，另一面却是无尽的欢乐、希望与集体感。这让我这样一个西方人感到无地自容。我们拥有得如此多，却总是用不值一提的焦虑与抱怨填满生活，而我见过的许多非洲人，在最基本的食物与居所都无法得到保障的情况下，还能带着勇气与乐观，平心静气地面对人生。需要做些什么才能弥合哪怕一点点物质条件上这种令人发指的差距呢？同样重要的是，身处西方国家的我们能够从这些以集体发展而非个人进步为核心、以完整的精神世界而非无休止的野心扩张为追求的社会中学到什么呢？

回到家后，我试着去消化这趟行程中所感受到的复杂情绪。我是怎么做的呢？我坐在钢琴面前写了一首歌。还用说吗，我肯定会这么做的！每当我想要去表达那些难以用语言言说的想法与情绪时，我不是总会坐到钢琴前吗？就好像7岁的时候，我会用小调来弹奏《扬基歌》一样！但凡我的思想与内心中出现些什么，音乐就是我一吐为快的方式。

* * *

父亲提的问题看起来毫无根据，事后却被证明是一句预言。我的音乐人生与基金会的工作正在越来越紧密地交织在一起，就像 DNA 的两条链一样相互交缠。

此后不久，有人将我引荐给了一位名为阿肯（AKon）的歌手。坦白讲，我之前没有听说过他。这恰恰是我们的文化中总有些互不相通之处的例证，因为阿肯在全球许多地方已经是一名重量级的流行歌星了。他听到了我关于在利比里亚那段经历的歌，想问我是否可以把曲子发给他。后来他把这支曲子重新混剪录制，加入了自己的演唱。

我们在音乐与社会活动上的一次联盟就这样诞生了，而我也期待未来还会有更多的合作。2009 年，我与阿肯合唱了另一首我写的歌，并且有幸在联合国大会上进行表演。

至此，在我 50 多岁的年纪里，我发现自己过着无比充实、无比有成就感的人生，这是我从前完全无法想象的。与每个人一样，我的人生同样有与过去统一的部分，也有不断演变的部分。与 10 岁、30 岁时的我一样，我还是原本的自己，只是随着时间的推移，我开始对自身以外的世界有了更多的关注。随着年龄的增长，我对于自身需求的思考没有那么多了，因为年轻时需要面对的困难与重要挑战已经在很大程度上——不可能是全部——完成了！我找到了自己的使命，并且非常投入地在努力着。对于我想要证明的事，主要是向自己证明的事，我已经做到了。如今我把重点放在了继续拓宽人生的边界上，无论是音乐事业还是慈善事业，我都在继续成长，希望有一天能把更多东西回馈给这个世界。

说实话，我对自己的人生感到骄傲。这份骄傲中夹杂着感恩，即使我毫不讳言地承认自己的幸运，这份骄傲也没有因此逊色几分。然而每个人都有自己的挑战；于我而言，我所面对的挑战之一正如我在本书开篇时所述，就是要考虑如何把一手好牌打好。我想在这一点上，我做得还不错。

不过请允许我说明一点：我相信我们所有人都应该为自己的人生感到骄傲，因为创造人生是每一个出生在这世界上的人都会拥有的一个深远而神圣的机会。生活是什么模样全由我们自己创造。没有人能为我们代劳，也没有人有权利告诉我们它应该是什么模样。

我们确立自己的目标，我们定义自己的成功。我们没有办法选择人生的开端，但可以实实在在地选择未来成为什么样的人。

结语　EPILOGUE

就从现在开始

一直以来我都很喜欢下面这段话,据说它出自伟大的德国诗人歌德(作者是谁并没有确凿的证据)。但不管如何,这段简短的话触及了某些我深信的东西,也精巧地囊括了我在本书中所表达的大部分内容。

决定全力以赴之前,人会有犹豫,因为那代表着选择退出的余地。在一切有关主动性与创造性的行为中蕴藏着一条最基本的真理,无视它将会导致无数精妙绝伦的想法与计划被扼杀:从一个人坚决地确定要将自己投身于某件事的那一刻起,连天意也会随之而动。逢山山开,遇水水退,万物皆成从未有过的助力。一系列事件会紧随这个决定出现,各种难以料及的小插曲、因缘际会以及物质支持都朝着有利于人的方向汩汩而来,让人做梦都想不到事情会以这样的方式铺陈开来。无论你可以做什么、梦想着自己能做什么，动手吧。人的胆识中潜藏着一个人的天资、力量与如有神助的机缘。就从现在开始吧！

我为什么喜欢这段话？很大程度上是因为它把重点放在了"全力以赴"上。

这段话中提到的"力量"与"如有神助的机缘"，它们来自何处？不是来自了不得的文韬武略或聪明才智，或是别的什么经世之才。相反，这种力量的源泉我们每一个人都有，它是人类共有的一种潜能——一种能力，一种投身于使命的能力、选择道路的能力，以及带着决心与耐心奋勇前行的能力。

那么话中提到的"天意"呢？我想现在应该很清楚了，我个人不觉得它属于任何一种正统的宗教信仰，而且我对任何把一种信仰体系置于其他体系之上的观点都存有疑虑。因此请让我用自己的比喻谈一谈我对"天意"这个概念的理解。

我并没有把它视为我们自身之外的某种力量，在我眼中它是潜藏在我们身上还未被察觉的力量、勇气与直觉。只有当我们全心全意瞄准一个方向投身其中之时，这些潜能才会得到释放。

我们都听过类似这样的故事：母亲抬车救出被困的孩子；地震中撑起屋顶让自己所爱的人逃出生天的遇难者；经历过"9·11"事件的人也都不会忘记一队队的消防员逆着惊慌失措、拼命向外争逃的人群冲进燃烧着的大楼时那壮烈的景象。当然，这些都是非常时期的非凡举动，但我相信它们也指明了一些在日常生活中同样适用的、令人欣慰的基本道理：

我们比自己想象得更加强大。

我们并不知道自己拥有那样的勇气，直到需要它的那一刻。

我们有能力应对从未想象过的挑战。

是什么促使我们想要去挖掘那些储备在体内的力量与勇气，让我们发现更好的自己？

是那些打造人生所需的投入、胆魄与决心。

* * *

就在我写下这些文字的同时，全球经济正处在一种深刻的、令人担忧的不确定性中。失业率高企，房屋被止赎，企业纷纷倒闭，全行业都处在收缩或淘汰中。老年人对自己的养老保险与退休金充满担忧，年轻人抬眼看到的似乎是一个荆棘丛生的未来。

或许当你读到这本书的时候，经济前景已经明朗起来，但也可能不是这样。似乎没有人知道，当然也包括我，甚至是我的父亲，一个对金融界的事物有着独特洞察、敢于一针见血道破常理的传奇人物，这一次也坦然地公开承认有些困惑了。似乎没有人确切见过我们正在经历的一切。

我提及这些经济上的挑战并不是要去沉溺于悲观与绝望，相反，我恰恰相信这些令人困惑的时期反而是一个艰难但绝妙的机会。

由于某些对安逸生活的想象似乎开始瓦解，我们不得不用全新的视角看待这个世界以及我们自身的可能性。如果某些"安全"的职业选择到头来不再安全会怎么样？如果我们无法默认今年会比去年赚得多、50 岁时自动会比 30 岁时富足，又会怎么样？如果我们敢于承认"工作铁饭碗"不过是一个心理安慰，在现实中往往并不存在，又当如何？

2009 年 4 月，《纽约时报》刊登了一篇题为《这是追逐职业梦想的好时候吗？》的文章。作者帕梅拉·斯利姆（Pamela Slim）是一名职业顾问。据他观察，许多人甚至可以说大多数人都在自己的实际工作之外还幻想着拥有另一份职业。很多情况下，这份梦想中的职业比实际中的工作待遇更好，地位更高，这并不足以为奇。但是还有很多情况下，人们从中寻求的是不同的东西。

人们幻想的不是更多金钱，而是更多自由；不是更大的权力，而是更少的压力；不是更高的地位，而是更具开创性的人生。一位信息技术项目经理梦想着能带队去徒步旅行；一位成功的企业家幻想能在联合包裹运送服务公司（UPS）当一名司机，他希望每天的工作都是有序的、平稳的，能够得到锻炼，并且每天都有明确的工作任务。

这究竟是怎么回事？在我看来，这些令人意外的"理想工作"代表着人挣脱了标准想法与传统偏见的束缚，是一种健康的回归，回归到儿时那个"你长大了想做什么"的基本问题。

这就引出了另一个简单的问题：为什么不去做我们喜欢的事呢？

我说的并不是那些无关紧要的选择、自我放纵的选择或是懒惰的选择。

我说的是那些能够体现我们的个人价值，为我们独特的才能与创造力提供最大可能性的选择。

如果音乐、绘画、写作深深吸引了你，你为什么不去追求它？

如果当老师能给你带来满足，你为什么不去选择这条路？

如果你喜欢远离商业与财富中心到户外去工作，你为什么不去这么做呢？

诚然，当我们想要做出那些有违传统的选择时，有很多颇有分量的"为什么不"需要去考虑。艺术行业极具不确定性，这一点尽人皆知；老师、护士这样以助人为本质的职业往往得不到与之相配的金钱与地位的回报；离开大城市去生活，人需要具备某些自给自足的能力。

除此之外，人性中有这样一个特点：在经济环境比较严峻的时期，人在为自己做选择的时候会变得更加谨慎、更受局限。

我想，这种小心是可以理解的。但试想一下：为什么不反其道而行之呢？

如果最符合传统观念的工商管理这条职业道路上也充满了危险与困境，这难道不是我们应当为自己提供更广阔的选择的一个原因吗？

如果某种围绕金钱而定义的"成功"已经不攻自破，难道这不是一个机会，让我们为自己定义一个更加人性化、更具丰富内涵的成功版本吗？

如果物质财富的持续增长已经不再是一件确定的事，把关注点放在那种能用个人的满足感与心灵的安宁来衡量的财富上不是更有意义吗？

* * *

这是一本非常个人的书，所以请允许我用自己的注解为本书做个收尾。

就像我在开头所说的，我并不是什么参透了人生真谛的特别专家，更别提掌握人生意义的玄妙之处了。被人视为人生导师并非我所求。在本书中我确实时不时地试着提出过一些建议，但我对此问心无愧。其中很多事我是真心实意这么认为的。当我觉得我可以为这些事实找到例证，当我觉得自己可以提供某种视角为读者拨云见日的时候，我没有羞于这么做。

不过在我看来，为各位读者提供建议只是本书目的中很小的一部分。写这本书首要的出发点，是因为它是我将自己的所思所想表达出来的一种方式。

"未经检视的人生不值得度过。"这是柏拉图写下的一句话，自此至今的两千五百年间，它所包含的道理却更是历久弥新。生活的节奏越来越快，令人分神的事物越来越多。手机、即时信息、媒体不遗余力的信息轰炸，我们被层层堆叠的外物包围，想要排除掉杂音，铭记人生的核心部分变得越来越困难。本书给了我这样一个机会，让我能够安安静静地坐下来，围绕这个核心做一些高质量的思考，这不可谓不是一种奢侈。

那么在人生最核心的那个地方，我找到了些什么呢？

最基本的一点，我找到了感恩之心。

我要感谢我的母亲，她教给我许多人生的道理，让我懂得了宽容、信任并给以世人无尽的关注。我要感谢我的父亲，他自律、勤奋、不懈追求自己所选择的命运，为我树立了一个光辉的榜样。感谢我的妻子，在我们彼此成长的过程中，在所有需要共同面对的事物中，她给了我真正的支持与陪伴。

此外，还有一种感恩之情变得更加强烈了——对音乐的。毋庸置疑，我一直都热爱着音乐；而我如今更觉得它像一个奇迹。它的旋律、它的节奏给人以抚慰，带来了快乐，也能打破人与人之间的隔阂，表达言语所不能及的意境——这太不可思议了！能够以作曲家与表演者的身份参与音乐这件神奇的事一直是我无上的荣幸。

当然，在我的思想深处发现的事物并非一切都如此令人愉悦。回顾年轻时的自己，我也发现了很多难解的问题。

如果接受了正规教育，我有没有可能为自己创造更多的机会？为什么我用了那么久的时间才奔赴自己的音乐使命？为什么在这样那样的人生路口，我会让内心的不安左右了自己？为什么自己，一个所谓的成年人，会在当年犯下那些如今看来完全可以避免的明显错误？

对于这些问题，我无法给出无懈可击的答案。但写这本书给我提供了一种有益的框架对其进行思考。不要找理由、不要觉得难为情，放下那些由于不敢承认错误而导致的煎熬以及残存于心的愧疚，只平心静气地去看待它们。我无法抹除自己的错误，也无法否认它们。我能做的是从中汲取教训，接纳它们，把它们看作我独特人生中的一个组成部分。

可是错误是一回事，悔恨则是另一回事。错误会出现，通常时过境迁后也会成为过眼云烟。可悔恨却久久挥散不去。一个错误是一件事，一场悔恨却是一种心境。

否认人生中有任何遗憾，声称就算让自己重新活过也不会有什么不同的人大概觉得这么说会很酷吧。坦白讲，我觉得这属于轻蔑的无稽之谈，或者说这是未经检视的人生所表现出的一种症状。在数年、数十年的过程中，人的遗憾，无论大小，总是在不断增加的。想一想我们每天要面临多少的抉择，有多少次我们需要去灵机应对人生中的各种变故，怎么可能会没有遗憾呢？遗憾恰恰是我们活过的证明；它就像留在我们膝盖上、胳膊肘上那些细密的小伤痕。好消息在于过一段时间后它们就不疼了，但假装它们不存在实属自欺欺人。

每当思及自己的遗憾与悔恨之时，我发现它们的出现总存在一种微妙的模式：每当我没能采纳本章开头时引用的那段话中歌德的建议时，总会有遗憾发生。

我后悔自己犹豫不决。

我后悔自己低估了"全力以赴"本身所蕴含的神秘力量。

"全力以赴"让世界为之而动。它激励着我们，也治愈着我们；它既是养料，也是药物。它是悔恨、冷漠以及自我怀疑的解药。它可以冲破紧锁的门，也可踏平崎岖的路。它可以带来信心，也可以为信心正名。当我们决心去发掘与运用那些深深蛰伏的力量之时，它能够让我们从中汲取力量，将我们的努力发挥出更大的作用。

所以，在结束之前，我想对你们说几句我曾对自己说过千万次的话：

你的人生由你来创造，要对这样的机会心存感激，带着你的热情与勇气，抓住它。无论你决定做什么，倾注你全部的力量全心付出……以及，即刻动身吧！

你还在等待什么？

致　谢　ACKNOWLEDGEMENTS

我想感谢的人有很多：杰出的编辑与作家、在本书的写作过程中与我结下深厚友谊的劳伦斯·谢默斯先生，感谢他对本书贡献的宝贵意见；感谢理查德·派因的指导，感谢莉迪娅·洛伊齐德斯的想法，感谢约翰·格洛斯曼对本书的信任。

感谢所有帮助我为自己创造了人生的人：我的父母、我的外祖父比尔·汤普森、外祖母多萝茜·汤普森、豪伊与苏茜·巴菲特、帕姆·巴菲特、汤姆·罗杰斯、莱瑟·克拉克、肯特·贝洛斯、拉尔斯·埃里克森、莱恩·扬基、弗兰基·潘恩、比尔·巴菲特、艾瑞卡·巴菲特、妮科尔·巴菲特、我的妻子詹妮弗，以及一直以来都在为我的人生提供借鉴意义的每一个人。